AF429948

O CAÇADOR DE ESTRELAS

ALI ÁGUAS

O
CAÇADOR
DE
ESTRELAS

Cada passo é uma lição com um destino

Título O Caçador de Estrelas
Autora Ali Águas
Primeira edição 2021

© Ali Águas, 2021
© Direitos de edição reservados

Edição Ali Águas
Capa Raquel Ribeiro - Design Studio
        https://linktr.ee/R.DesignStudio

Todos os direitos reservados. Este livro não pode ser reproduzido, no todo ou em parte, por qualquer processo mecânico, fotográfico, eletrónico, ou por meio de gravação, nem ser introduzido numa base de dados, difundido ou de qualquer forma copiado para uso público ou privado - além do uso legal como breve citação em artigos e críticas - sem prévia autorização dos titulares do *copyright*.

Hoje, mais do que nunca, a pensar em todos os que procuram uma estrela, uma resposta.

O CAÇADOR DE ESTRELAS

Neste pequeno universo de infinitas possibilidades, por este tempo que se esqueceu, não sou o protagonista. Não sou o vil vilão ou um benfeitor que irá aparecer algures na trama para salvar o mundo. Tampouco posso dizer que seja uma personagem que alguma vez venha a transcender a natureza dos acontecimentos a apresentar. Nalgum ponto da narrativa saberão quem sou. Por ora, sou o narrador de uma história que preciso de contar. Uma história que começa onde o verdadeiro protagonista tomou a decisão de por fim à tristeza da pior maneira que se possa conceber.

Entre indecisão e decisão, anoitecera. Sob o discreto olhar da Lua, no limiar da falésia, fixou o mar a fustigar as rochas com fragor. O ruído forte das vagas não bastou para vencer a ideia enraizada de que não valia a pena tentar encontrar uma resposta para o sofrimento, enganado que estava.

Inclinando-se para o oceano, fechou os olhos para facilitar a tarefa. Por sorte, a natureza vive alheia aos dilemas humanos e irrompe sempre quando menos se espera. Foi o caso de uma Fénix que manou da escuridão da escarpa, extraviada, quase esbarrando nele, impelindo-o a cair sentado em terra firme. Resfolegou com o susto e alçou o olhar ao firmamento, por surpresa aliviado de não ter caído no abismo. A Fénix consumiu-se num suspiro em mil centelhas no céu que, de repente, absorveram a atenção, enlevado com o imenso lenço negro matizado de pontos luminosos. Há quanto tempo não olhava para o céu assim? Sôfrego pelo que o céu lhe reservava, deixou-se cativar pelo magnetismo cósmico. Um espetáculo fascinante ao alcance de todos, pensou para si, maravilhado.

No seu campo de visão identificou constelações, como quando era criança. Pulou de Mercúrio para Vénus, procurou um astro avermelhado e descobriu Marte. Encontrou um Júpiter mais reluzente e, na mesma órbita, sonhou com descobrir o satélite Europa. Deu consigo a imaginar vogar nos anéis de Saturno, qual barco à deriva.

Antes de ceder ao mundo real, reservou a despedida a Orionte, o Caçador. A constelação com a qual fantasiava na infância, vendo a imagem de um caçador de arco e flecha, a caçar as estrelas mais brilhantes do mundo celeste. À vista desarmada, o périplo astronómico prosseguiu, observando o cinturão do Orionte, onde três estrelas cintilavam alegremente. Seguiu-se a avermelhada Betelgeuse e, traçando linhas no céu, chegou à brilhante Sírio de encontro ao cintilo branco-amarelado de Prócion, compondo o Triângulo de Inverno, tal como recordava fazer. Associou esta particularidade do cosmos ao período de tempo que ainda faltava para a estação invernal e na possibilidade de perseguir até lá um sonho antigo, o sonho de ver uma estrela cadente. Fenómeno que nunca tivera o privilégio de assistir. Porventura, poderia concretizar este sonho até à chegada do frio.

Há quantos anos não se permitia acreditar num sonho? Pensando mais ou pesando melhor a vida: nunca saíra da aldeia, onde vivia há mais de três décadas. Nunca viajara. Nunca conhecera os lugares que a vista alcançava durante o dia. A serra de Cinco Montanhas cobertas de paisagens idílicas que, em tempos, fomentavam a ideia de que a vida é algo mais do que sofrimento. Aquela paisagem bem podia esconder a alegria, a coragem e a paz de espírito que ele não sabia encontrar em si. Percorrer as montanhas a pé foi a ideia seguinte. A estrela cadente simbolizava tudo aquilo que não tinha e desejava. E se ali, no Equador Celeste, ainda não conseguira ver nenhuma dessas estrelas, talvez nalgum ponto daquela extensão de terra avistasse alguma!

Vários testemunhos asseguravam que tinham pedido um desejo depois de ver um corpo fulgurante surgir do nada, raiando a noite com um rasto polvilhado de luzentes partículas. Alguns descreviam o instante como fugaz mas mágico; um vislumbre incomparável, corroboravam os que somavam fenómenos idênticos. Quem procurar com afinco estas estrelas realizará os seus sonhos, atestavam os mais fervorosos. Outros, porém, afirmavam que já não acreditavam em estrelas cadentes, nem em outra estrela qualquer a que pudessem formular um desejo. Os seus anseios não se tinham cumprido com a única estrela vislumbrada e a certeza de que nunca se iriam realizar era-lhes mais credível do que qualquer fantasia atribuída a um corpo celeste.

Este novo plano de continuar a busca de uma estrela cadente ganhou força face à ideia de deitar tudo a perder, entusiasmado com o facto de a avistar realmente. Ainda que venha a ser a mais diminuta das estrelas fugazes! Só então poderá confessar a sua dolência e o desejo de a superar. Caso a viagem venha a ser um fracasso, retornará à decisão antes da Fénix se atravessar na sua vida.

Com o olhar perdido no teto do mundo, interrogava-se *«onde estará a minha estrela?»*, na esperança de vencer de uma vez por todas o mal-estar da tristeza, saturado de viver neste estado. Antes de se recolher no velho moinho, a voz interior vibrou com uma firme intenção:

- Serei o Caçador de Estrelas. Amanhã darei início à busca pelas Cinco Montanhas. O Universo aguarda-me. Encontrarei a minha estrela!

A TRANSLAÇÃO DO ENTENDIMENTO

Quando o Caçador de Estrelas decidiu partir em busca da almejada estrela cadente, preparou a sacola, outrora pejada de sonhos, hoje, com uns quantos apetrechos e víveres secos. Atrás, deixou a morada de uma vida, um velho moinho que a cada movimento bramia por descanso, e memórias que preferia não lembrar. Levava consigo uma ilusão perdida e, esquecida numa algibeira, uma nota de esperança, escassas que andavam as moedas!

Embora a ideia de percorrer as montanhas a caminhar se mostrasse incerta, viu no chão um feixe de luz a iluminar a rota a seguir, como um farol serve de guia aos mareantes. O empurrão que precisava para começar.

Hesitante, distanciou-se de casa, dando os primeiros passos da aventura que o aguardava, desprendendo-se do passado raptor. A cada passo olhava para trás, recuava e tornava a tomar caminho. Vacilou mas perseverou. Pouco a pouco, perdeu de vista o moinho, o terreno e a aldeia. Ao indício de um novo horizonte, a melancolia e o arraigamento refrearam, e permitiu-se encorajar.

A visão tornou-se clara e registou tudo em redor. Deleitou-se com o musicar da folhagem das árvores, que entoavam alegres ao som da brisa provinda do mar. Essa melodia recordou-lhe que era livre. Livre para escolher pensamentos e fazer as escolhas certas, decidir o que sentir sob qualquer circunstância ou definir a senda da própria existência. Inspirou e soltou com alívio o desalento que acumulara durante tanto tempo.

Um sorriso desenhou-se-lhe no rosto carregado. A jornada afigurava-se mais leve depois de prescindir da bagagem nostálgica que lhe pesava.

Ouviu o grasnar das gaivotas ao longe, aspirou o ar marítimo e desejou caminhar na areia morna da praia e banhar os pés à beira-mar. Desejou salpicar o rosto com as lágrimas das ondas e não com as suas, e voltar a sonhar. Alegrou-se ao visualizar o sonho e guindou o olhar ao céu, onde a estrela da tarde, Vénus, abrilhantava o final de um dia de entendimento, com a branco-azulada Espiga bem perto, mais tímida; enquanto as estrelas vizinhas, tanto dos asterismos de Leão como de Balança, Escorpião, Ofiúco e Sagitário, dormiam ainda. De bom grado, as raras nuvens, ditosas, retribuíram o sorriso em seu lugar.

Prosseguiu rumo à costa até que o marulho das ondas evidenciou a cercania do mar. Quando por fim se deteve na presença do abismo de água salgada, demorou, contemplando a vitalidade do mar e o Sol a despedir-se a poente. Então, razoou:

- As ondas nunca cessam, elevam-se, deslocam-se e caem num sem-fim de marés. Tal como a vida flui com altos e baixos. Como não percebi isto antes? O caminho não termina quando caímos. O caminho, sempre em movimento, continua quando caímos e quando nos conseguimos levantar. Afinal, todos caímos. O importante é se vamos voltar a levantar-nos ou não.

Espero, caro Leitor, que este entendimento oriente o Caçador nas aventuras e desventuras do caminho que irá percorrer, para trazer de novo a alegria à sua vida. Veja que a jornada acabou de começar...

O PRISMA DO ARCO-ÍRIS

Passou a noite na praia para observar o maior número de astros, beneficiando da distância da luminosidade das povoações, que favorecia a visibilidade de milhares e milhares de estrelas. Era como apreciar um mapa celeste animado, onde as constelações visíveis interagiam umas com as outras, cada uma no seu campo de visão.

Com os dedos fazia uso de uma Régua invisível, estabelecendo as distâncias entre os astros, reconhecendo-os. A fadiga da primeira etapa iludiu-lhe os olhos, pensando ver a estrela S Doradus, em Espadarte, envolta na grande Nuvem de Magalhães, por onde vagueou a cair de sono. Pensou até divisar Meseta, o pobre ensonado!

Quando vencido pelo cansaço, acabou por adormecer nas dunas mais abrigadas do areal.

A noite bem dormida deu para o Caçador de Estrelas começar a tirada do dia seguinte bem cedo, retomando o destino pelo interior do território a percorrer, já na base da primeira montanha.

Ao longo do dia o clima foi variando, de manhã, soalheiro e, da parte da tarde, velado pela chuva miudinha que, de imprevisto, irrompeu sobre o quadro bucólico que palmilhava. O caminho, uma vereda de terra batida entre pomares, conduzia-o com convicção até ao surgir de dois ramais. Eram ambos similares, mas a incerteza de qual o trajeto mais favorável à sua busca tornou-se uma deliberação difícil de tomar. A única certeza era a de que evitaria sempre a selva que a serra circular encerrava no interior das montanhas.

A selva, temida pelos habitantes das Cinco Montanhas, era um lugar virgem e inóspito, que poucos ousavam invadir. Encontrar um quaisquer dos predadores residentes era o maior temor do Caçador. Sobretudo temia perder-se na selva e acabar na mandíbula do Grande Felino. Desde pequenino que ouvia como os que lhe haviam sobrevivido tinham perdido algo de si mesmos, e a maioria a vida. Por isso, trilhar as montanhas sem pisar o chão da selva era a única alternativa nesta viagem! Mas, qual dos caminhos era o acertado?

Optou pelo caminho onde o Sol, apesar dos chuviscos, deveria de continuar a rutilar por mais tempo. Pelo menos, por ali a viagem tornar-se-ia amena.

Após uma hora de caminho deparou-se com um homem que se abrigava sentado por debaixo de uma árvore carregada de frutos, na berma do trilho. A figura logo lhe cativou a atenção. Tratava-se de um ancião de longas barbas, trajando roupas andrajosas e sapatos esburacados.

Quanto mais se acercava dele, outros detalhes transpareciam. O homem era cego, tinha um chapéu aos pés e pedia uma pequena ajuda consecutivamente, numa ladainha pegadiça. Ao pescoço pendia uma pequena tabuleta de madeira inscrita. *«O meu nome é Polar»*, assim se apresentava o ancião.

Quando o Caçador se debruçou para deixar parte das moedas que possuía, este perguntou:

- O que vês? – A voz ouviu-se leve, ademais de graciosa.

- Bem, eu... – tartamudeou o Caçador, sem saber ao certo o que esperava o homem que ele dissesse. - ... vejo que temos a época de chuvas à porta! – Polar mostrou uma expressão risonha, mas não argumentou. O Caçador pressupôs que aquela seria a deixa para retomar o trilho. Assim fez, depois de deixar o contributo.

Os minutos passaram, uma hora decorreu e Polar tornou a surgir-lhe na berma, sentado sob a mesma árvore. Então percebeu que havia caminhado em círculo e tornara ao mesmo ponto.

Ao passar pelo ancião, este substituiu de novo a ladainha pela questão que antes lhe colocara:

- O que vês? – O Caçador, perplexo com os apurados sentidos de Polar, que percebera a sua presença mesmo sem ter feito ruído, respondeu:

- Vejo que há uma hora que caminho em vão, pois retornei ao mesmo sítio. – O desânimo impresso em cada palavra proferida pelo Caçador volveu a suscitar um sorriso bondoso em Polar que, de novo, não comentou a resposta.

Prosseguiu caminho mas pela vereda que descobriu atrás da árvore onde o ancião se recolhia.

A faixa de terreno era acidentada e pedregosa, ainda assim persistiu no seu desígnio. Andou durante mais do que a primeira vez até encontrar o caminho que o levara até aos dois ramais. Outra vez diante da bifurcação, decidiu seguir pela via que antes rejeitara por ser menos iluminada. Nessora, o Sol resplandecia ali também, mesmo com os chuviscos que não cessavam.

Caminhou até divisar a poucos metros Polar a proferir a mesma lengalenga, fixo no mesmo sítio na orla do trecho por onde passava por terceira vez.

Continuava a andar em círculos e sentiu-se frustrado. Por mais que persistisse no intento, por mais que caminhasse sem descanso não saía do sítio. Acontece muitas vezes, não é verdade?

- O que vês? – interpelou o ancião, quando o Caçador suspendeu a marcha junto dele, errante.

- Vejo que não sei o que fazer!

- O que vês? – insistiu Polar no mesmo tom.

O Caçador compreendeu que nenhuma das repostas que lhe oferecera o satisfazia. Talvez estivesse demasiado focado no seu problema, sem ser capaz de ver além deste, refletiu.

Examinou o espaço circundante e reparou que, ornando

os cumes das árvores, se encontrava um arco-íris perfeito. De imediato, a expressão frustrada mudou ao vislumbrá-lo. Soube o que podia responder a um homem que não tinha a possibilidade de contemplar um fenómeno de semelhante beleza; enquanto ele, que o podia fazer, não o lobrigara, radicado em exclusivo no dilema.

- Vejo um belo arco-íris – disse. Polar riu com satisfação.

- Que cores vês?

- Vejo vermelho, laranja, amarelo, verde, azul e violeta, creio.

- Coração, mudança, otimismo, liberdade, equilíbrio e paz. É tudo o que eu vejo – acrescentou Polar, à ordem de tons que ouvira enumerar.

Com o olhar, o Caçador percorreu todo o arco até à linha do horizonte e, de súbito, um caminho diferente, de emoções e mudanças, otimista e livre, em equilíbrio e paz surgiu ante ele.

- Incrível! O... obrigado por me ajudar a encontrar o caminho!

- O que não somos capazes de perceber manifesta-se quando paramos para ver. Para ver o todo. O que queremos e não queremos ver. Libertamo-nos do problema e surge a solução, o caminho a seguir. – O Caçador sorriu. O velhote percebeu.

O caminho indiciou ser o propício. Mas, o que irá encontrar a caminhar por aí?

O ZÉNITE DA ÁRVORE

No primeiro tramo da subida da montanha, deparou-se com uma árvore portentosa que, de alguma maneira, lhe sorria, exibindo com orgulho o seu volume redondo de ramos carnosos e fartos de verde. Caminhou para ela ao mesmo tempo que enxergava a estrela da tarde, a anunciar o termo do dia.

Escurecia, estava faminto e cansado da viagem e, na proteção que a ramagem profusa lhe proporcionava, aproveitou para dar azo ao repasto e ao descanso que urgia.

Acostado ao tronco, a saborear os frutos secos que trouxera na sacola, contemplou a frondosidade sobre si, e a ouvir o ramalhar das folhas fechou os olhos. Uma reflexão despontou com a garbosidade que evidenciava a árvore: alguma vez valorizara um feito seu, sentira brio, autoestima? Mesmo não tendo saído vitorioso de todas as batalhas que travara, atrás de si havia uma história, conhecimento adquirido que lhe valera para superar uns poucos tropeços e quedas, e que sempre o levara a prosseguir a própria senda.

- Por que não consigo apreciar-me, como esta árvore estima o seu porte? – indagou alto.

Uma voz cava e profunda respondeu:

- A natureza é sábia mas não tem todas as respostas. Tens

de procurar em ti o teu valor. Então, dar-te-ás apreço. Posso, no entanto, partilhar um pouco da minha sabedoria. – Aturdido com o discurso vindo do nada, o Caçador procurou quem lhe falava. Olhou em volta e a voz fez-se ouvir de novo: - Não procures mais, sou eu, Hércules, a árvore na qual te apoias. – A surpresa quase fez cair o Caçador do assento.

- Uma árvore que fala? C... como é possível? – perguntou, atónito com a quimera.

- Bem, não sou uma árvore qualquer! Sou a árvore que escolheste para descansar – respondeu logo Hércules. O Caçador achou graça à presunção. Curiosidade, também.

- Posso perguntar o que te faz sentir tão bem contigo?

- Rememoro as vezes que me valorizo apesar dos meus defeitos ou relembro o que posso oferecer de forma desinteressada. Ter amor-próprio estimula, incentiva a vencer desafios ou limitações. Não se trata de adquirir uma postura narcisista, mas, sim, uma postura natural, na qual se valoriza a sabedoria da natureza. Por conseguinte, é razoável aceitar o que somos, porque o que somos tem um papel relevante no equilíbrio do Universo. Se nos tornarmos melhores do que somos, bestial! Esta é a sabedoria que guardas em ti e de que dispões sempre.

- Julgo entender o que dizes. Nem parece requerer esforço, quando olho para ti, Hércules. - O nome combinava com a convicção com que se exprimia a árvore.

- É algo inato em cada um de nós. Verás que a confiança em ti transformará tudo à tua volta. Se não, olha para mim! Repara como eu, uma simples árvore entre tantas, transformo toda a paisagem. Se eu cá não estivesse, o espaço seria outro. Cada árvore faz a diferença! O valor está na coragem em ser quem somos.

- Tenho de concordar – retorquiu o Caçador, anuindo com o semblante.

- Além disto, não descures as tuas raízes, são a base mais sábia de que dispomos e suportam tudo o que somos. Não adies a tua vida só a pensar nos frutos que poderás dar amanhã. E por último, mas não menos importante: tronco hirto e deixa-te enlevar pela vista do alto dos teus ramos.

O Caçador deixou de ouvir a voz da árvore, despertando do sonho em embalara, lasso. Ergueu-se mais descansado e pousou as mãos no tronco nodoso.

- Que belo despertar – sussurrou, retomando o caminho, vendo a forma de encontrar em si a confiança que julgava sumida no olvido.

Mudar de atitude: ver-se como um ser único entre tantos outros únicos, cuja ausência mudaria por completo o espaço, no qual cada um brilha à sua maneira.

Céus! Não quero nem pensar no que seria do espaço se alguma vez não fôssemos como a árvore!

O QUADRANTE DO PRESENTE

Não obstante as lições apreendidas, caminhava ainda intranquilo. Assente num caminho nunca antes percorrido, a ansiedade tornava a fazer das suas, à mistura com o desânimo de que era presa fácil. Precisava de uma paragem nesta particular busca. Passar o dia e pernoitar na aldeia mais próxima seria o melhor a fazer, deliberou.

Com alguma timidez, mais perto do Sol, a estrela da manhã ainda espreitava e as demais, escondidas no azul do dia, davam conta dos passos do Caçador de Estrelas, esperançadas de o ver bem.

Chegou a Montanha da Mesa, um povoado entalhado nas rocas da encosta, em pleno bulício matutino. Circulou pelo centro nevrálgico da aldeia e auscultou a vida da povoação. Os camponeses dos socalcos atravessavam a praça, arrastando as carroças a caminho dos cultivos, os feirantes dispunham os seus produtos nas tendas pardacentas e os primeiros clientes convergiam de todas as direções, apressados para conseguir os melhores produtos.

Quando se sentou num banco da praça, para descansar do último trâmite, um menino aproximou-se, entregando-lhe um pequeno açafate com fruta. Surpreendido, o Caçador alçou a vista em frente e viu a mãe do rapaz acenando com insistência para que aceitasse a oferenda. Atrás dela havia uma tenda pejada de fruta com o nome Relógio escrito à mão e uma garatuja que pretendia ser um relógio mas que, na verdade, se assemelhava mais à homónima constelação de estrelas. Enquanto o marido da tendeira servia os clientes, ela cuidava dos dois filhos, o menino que lhe trouxera o cesto e a bebé com pouco mais de um ano ao colo.

O menino regressou para junto da mãe e ela levou a bebé ao chão por exigência desta, ao ver o irmão a correr em torno de si entre gracejos. Hydra e Hydrus ouviu o Caçador a chamar-lhes.

A pequena Hydra manteve-se direita assim que pousou os pés no solo, esforçando-se por caminhar sozinha, ainda que vacilante. Deu alguns passos com graça, dobrando o riso, embora pouco depois acabasse por cair sentada. Hydrus riu e a irmã correspondeu, aprumando-se de seguida para dar mais uns passos, resoluta do que tinha de fazer para, pelo menos, se manter em pé.

Ao lado da pequena, surgiu um idoso, que caminhava no seu vagar apoiado numa bengala. O homem não conteve um olhar embevecido ao deparar-se com a petiza competidora, que o acompanhava a par e par, no novo intento.

Perante o terno quadro, o Caçador refletiu sobre os seus próprios passos, ainda ancorado no passado, receoso do futuro. A pequena, porém, dava os primeiros passos ignorando o destino para onde a conduziam; tropeçava, caía e levantava-se com a mesma tenacidade, vivendo em exclusivo aquela experiência de descoberta. O idoso caminhava há décadas, de modo recente com o auxílio de um apoio. Contudo continuava a caminhar, depois dos tropeços que haviam marcado a sua história, deleitando-se com cada instante, sem pensar o que ainda lhe reserva o futuro.

Ao observá-los assim, o Caçador libertou-se do reflexo do passado, da ilusão que supunha preocupar-se continuamente com o futuro, permitindo que o presente invadisse o seu espaço. Por fim, sentiu-se disponível para viver, tomando consciência do momento, a única forma de liberdade. Tudo quanto possuímos com efeito.

Apesar do que a vida possa insinuar, se há algo que é nosso é o tempo. E a chave para aceder a esse tesouro é viver em pleno cada instante. Vá para onde for, faça o que fizer, sejam quais forem as circunstâncias, a felicidade estará sempre em cada instante vivido no presente. Espero que, no que resta de caminho, o Caçador entenda o poder que encerra esta lição.

A ESTAÇÃO DO EQUILÍBRIO

A paisagem pô-lo a sonhar desperto. Subia a montanha, ladeando um caudal cristalino e vivaz que dela nascia. Parou no patamar de uma queda de água alta, pouco volumosa. A cascata criava nuvens de milhares de partículas e, por entre elas, com discrição, despontava um pequeno arco-íris, criando uma ilusão permanente naquele recanto da montanha. Do outro lado do rio, achava-se um grupo de pessoas de idades díspares, imersas numa espécie de coreografia lenta e silenciosa, arroubados pelos sons da natureza.

A atmosfera ali criada despertou os sentidos do Caçador. Tudo em perfeita harmonia: os movimentos suaves e o ritmo envolvente, o fluxo perene do rio, as tonalidades e formas da montanha, os aromas da vegetação circundante. Notou o equilíbrio impresso em cada elemento, cada ser, e anelou com fervor alcançá-lo, experimentar a mesma paz de espírito que aquelas pessoas demonstravam vivenciar. *«Oxalá fosse um reflexo desta imagem»*, pensou para si. A esta ideia seguiu-se outra: se no caminho encontraria outras almas inquietas que, tal como ele, tinham embarcado numa viagem de busca interior. Até ao tempo presente, não conhecera ninguém com quem partilhar o desassossego.

Após contemplar uma última vez o equilíbrio que desejava

abraçar, abandonou a introspeção para avançar. Quando voltou o olhar na direção a seguir, deparou-se com uma figura graciosa emoldurada pelo fulgor do Sol atrás de si. Aquela criatura dos céus caminhava de encontro ao Caçador, enquanto este tremia com um nervosismo inusitado. À medida que a figura se aproximava, mais o cativava aquela mulher. Desde logo, identificou nela uma atração, uma estranha conexão até. O longo cabelo negro, um rosto delicado e marmóreo, os olhos rasgados e escuros, a aparência frágil, denotavam encanto ao olhar absorto do Caçador de Estrelas. Trajava como um homem, com uma bolsa a tiracolo e um calçado robusto. Sob a camisa masculina pendia um medalhão amolgado e sem brilho, mas que despertava curiosidade no conjunto nada vulgar.

Então, ela deteve-se na frente dele, fixando-o, como se também distinguisse nele uma qualquer ligação. Com relutância, a mulher desviou o olhar do Caçador e dirigiu a atenção para o outro lado do rio, onde o mesmo grupo de pessoas continuava a peculiar dança. Procurava algo.

- Precisas de ajuda? - sondou ele, balbuciante.

- Não, obrigada. Já encontrei o que perdi – respondeu ela de olhos postos na outra margem, perscrutando cada detalhe do belo quadro. O Caçador perdeu-se na voz melodiosa da mulher e não descortinou o quê ou quem havia reencontrado, pois esta não retinha um ponto certo. Ao que um assomo indiscreto o levou a averiguar:

- Desculpa o atrevimento, mas o que procuravas? – atirou, seguindo o olhar dela.

- Isto! – replicou a mulher, assinalando com a mão a amostra de harmonia diante deles. Procuravam o mesmo, para júbilo do Caçador. - Há uma semana comecei a caminhar em busca de paz, mesmo sem saber que tal seja possível. Quando passei por aqui e presenciei a serenidade nos rostos destas pessoas, pensei que talvez possa lograr alcançá-la. – A mulher fez uma pausa no discurso, abeirando-se do Caçador. Ele estremeceu. - Nos últimos dias perdi a motivação para continuar, por isso, decidi voltar para trás. Sabia que a encontraria aqui. O caminho é longo, não há uma ponte para chegar à outra margem do rio, mas hei-de conseguir estar daquele lado, no mesmo estado de equilíbrio. Aqui vejo que é real e tangível.

O Caçador aquiesceu, embalado pelas palavras.

- Eu também procuro o mesmo. T... talvez possamos caminhar juntos. – A mulher ficou surpreendida com a sugestão. Quase cedeu à possibilidade de ter companhia na travessia, se seguisse a intuição. O Caçador inspirara confiança mal o vira e ouvira falar. Todavia, se seguisse a sua intuição estaria a contrariar o caminho a que se propusera.

- Se o nosso destino for o mesmo, iremos encontrar-nos de novo. Está claro que o equilíbrio reside no interior de cada um. – E olhou para o outro lado do rio. - Mas é uma descoberta solitária – concluiu ela, despedindo-se dele com um sorriso perdido no olhar melancólico. O Caçador, silenciado, viu-a partir sem mais, tal como tinha chegado a ele.

Todos os caminhos de busca interior ou exterior são manifestações de um todo, como uma única via por onde todos passamos alguma vez. A mesma via por onde o Caçador e a mulher do medalhão haverão de se reencontrar. É uma promessa.

O OBSERVATÓRIO DA COMPAIXÃO

Aquela mulher dera-lhe vida. Subiu grande parte da montanha durante o resto do dia, sempre com a imagem dela. Recordar o tom de voz brando e o peso das suas palavras infundiam energia suficiente para subir a encosta sem parar. Só a ideia de não voltar a vê-la o abatia. Aos altos e baixos não se acostumava. Para ele o ânimo é como o vento, nem sempre está a favor.

Lá no alto, os primeiros flocos de neve começaram a cair com uma brisa gélida, dando voltas. Avizinhava-se um nevão na montanha. O Caçador, porém, prosseguia cheio de força, parando unicamente para vestir um agasalho da sacola.

Pouco depois, as condições agravaram-se, o passo tornou-se lento e a esperança de encontrar um abrigo esvanecia, tal como o verde da montanha mergulhava na capa branca, cada vez mais espessa.

As baforadas de ar frio impediam-no de ver para onde se encaminhava e deu consigo envolto numa névoa impossível, como que prisioneiro de uma nuvem densa e sombria. Viu como a força da natureza o rodeava em espiral e se apossava da dele, imparável. Acabou por desabar de joelhos, derrotado pela tempestade.

Sem forças, sem visibilidade, prostrado na neve desejou estar no conforto de sua casa, nunca ter partido. Tanto assim, que nem os logros conseguidos o encorajaram a alçar-se e perseverar. Nem a imagem dela.

Desnorteado, fixou um ponto escuro entre o ar nevoento, imaginando-se com uma manta sobre os ombros junto à lareira, com uma chávena de chá bem quente entre as mãos.

Um bramido agonizante despertou-o da fantasia. Foi quando avistou os contornos do que subsistia de uma casa de pedra, que surgiram ante si no espaço lívido, tal qual pinceladas sobre tela. A visão fê-lo levantar-se e caminhar para o vestígio da casa. De início aquilo afigurava-se outro devaneio seu, mas quando tocou a superfície fria das pedras quase saltou de júbilo. Ali, poderia descansar e resguardar-se até à chegada da bonança. Talvez até pudesse fazer fogo, ponderou, encorajado.

Recobrando forças embrenhou-se nas ruínas, procurando o lugar mais abrigado. Assim que largou a sacola no canto onde tencionava proteger-se da tempestade, ouviu de novo um clamor. Desta vez, reconhecia uma voz no brado, um lamento pesaroso que perseguiu com desvelo até descobrir que provinha do antigo poço daquela casa.

Preocupado com quem pudesse estar ali, logo se debruçou sobre o poço e espreitou. Lá no fundo viu uma pessoa agachada, trémula, com os braços a rodear as pernas, soltando gemidos de angústia. Por alguma razão, sobreveio a imagem da mulher do medalhão. Contudo, um chapéu cobria-lhe a cabeça e não conseguiu ver-lhe o rosto.

- N... não te preocupes, vou atirar uma corda e ajudo-te a subir! – fez saber o Caçador, desenredando o braçado de cordas velhas que se encontrava junto ao poço. Amarrou a corda mais extensa ao arco onde pendia o balde e lançou-a à mulher.

A pessoa a quem oferecia ajuda alteou a vista e o Caçador viu-lhe o rosto. Não se tratava da mulher que conhecera, mas, sim, de um homem cujo olhar refletia o seu. Vislumbrou o mesmo desespero, a mesma tristeza e ansiedade desmedida, a perpétua agonia de quem não encontra lugar nem voz que o defina. A imagem abalou-o, ficando calado.

- Não! Não quero ajuda. Porquê sair daqui? Sentir-me-ei igual. Vai para o mesmo sítio de onde vieste! Nada do que possas dizer me demoverá – retorquiu o homem, abespinhado, para logo depois retomar o lamento. O Caçador conhecia bem a variação de humores, vivia-os amiúde em primeira pessoa. Fora numa dessas ocasiões que percebera que o estado anímico é variável, que uma emoção não perdura.

Ao menos, o Caçador começava a acreditar que se podia sair de uma emoção nociva, tal como aquele homem podia sair do poço. Especialmente, na presença do sofrimento de outra pessoa.

- Ouve! Eu posso ajudar-te. Também estive... num poço. De certa forma, foi na escuridão que encontrei esperança. Não sei como, mas ideei que tinha de haver algo mais além de escuridão. Segui a ideia de ver luz outra vez – recordou o Caçador em voz alta. - Foi a ideia de esperança que me trouxe aqui. Quem sabe para te dizer que é possível sair daí. – O homem, entretanto, não respondeu, mantendo-se cabisbaixo. - Por favor, não desistas! Eu não vou desistir de ti. Não vou! Estarei aqui a noite toda para te convencer – bradou no fim.

Perante a passividade do homem, o Caçador não tornou a insistir com palavras. Descer e tentar fazê-lo entrar em razão seria inútil, por isso, resolveu quedar-se junto ao poço com o resto de cordas a servir de abrigo, caso o homem decidisse sair.

A contravento recolheu-se junto à pedra mais saliente sob o resguardo do poço, passando assim a noite. Com o sacudir da tempestade adormeceu já de madrugada.

Despertou ao amanhecer com o corpo a balançar, os olhos a abrir demorados, descobrindo quem procurava avivá-lo. Para surpresa do Caçador de Estrelas tratava-se do homem do poço, sorridente, com um bruxulear nos olhos. O esplendor do amanhecer delineava-lhe a cara, enquanto lhe estendia a mão para que se levantasse. Frente a frente eram idênticos, reflexo um do outro, até no trajar. Vestimenta campestre, cabelo baço descuidado, calçado velho de resistência interina, olhos entre a luz e a escuridão.

Como dois conhecidos de há muito, escalaram juntos o que restava até ao pico da montanha, gozando de um dia esplêndido, nada que ver com a noite anterior, tal como a atitude do homem do poço.

Coroar a cúspide acompanhado de Arcturo, assim se chamava o homem do poço, supôs um logro marcante na jornada. Ao fim de contas, Arcturo saíra do poço onde se via para sempre.

Um e outro tinham iniciado o caminho que os levaria à libertação da melancolia. Arcturo libertara-se do medo e permitira que a compaixão invadisse os pensamentos, com um objetivo exclusivo em mente: ver o mundo, todas e cada uma das faces da vida, sob um olhar compassivo. Já o Caçador, desejoso de chegar ao primeiro cume, tomou como seu o vento do ponto mais alto, abarcando a vista das alturas num giro paulatino, a apreciar embelezado as cores, os traços e os contrastes do mundo, divisando a norte a seguinte montanha.

A perspetiva dos trilhos e cumes das quatro montanhas por onde iria caminhar, assim como o território selvagem do Grande Felino, despertaram a vontade de agarrar todas as oportunidades que surgissem no caminho. Uma força nunca sentida pelo Caçador de Estrelas, naquele ponto, tão perto do céu, das estrelas a dormir. Seguramente, a constelação Pintor estaria a registar o momento com retoques de pó estelar, com os devidos brilhos e sombras.

Antes de partir, Arcturo e o Caçador sentaram-se na neve a conversar, reparando forças para os próximos passos.

Arcturo fora Boieiro outrora, mas a angústia de ver o mundo através do medo fundira-o num estado de desespero galopante, de tal forma que apenas se revia na escuridão do poço. O colosso do medo anulara qualquer perspetiva humana da vida. Fora preciso um singular gesto de comiseração para encontrar outra visão. Visão que, na minha modesta opinião, deveria de persistir em cada ser. A via da compaixão é menos complicada e mais abundante do que se pensa.

Na troca de experiências, uma curiosidade sobreveio.

- O que te fez sair do poço? – indagou o Caçador de Estrelas.
Arcturo exprimiu o lado risonho antes de falar.

- Foste tu. Se há alguém que permanece ao lado de um desconhecido, à intempérie, com o propósito de o ajudar, significa que há compaixão no mundo. Quero seguir esse caminho. Sei que por aí não há como me perder.

O SABER DOS METEORITOS

Arcturo entregou-se à senda que prometera seguir, resoluto, descendendo pelo flanco sul rumo a casa, segundo disse ao Caçador. Queria recomeçar a partir daí.

Entrementes, de novo sozinho, o Caçador desceu a encosta pelo lado oposto, em direção à segunda montanha.

A baixa altitude não havia neve, rondava uma subtil bruma pelo meio da qual ia notando mais e mais vegetação, com arbustos lenhosos tapados pela fronde vermelho escura que os compreendia. Deixou de reparar nas características da flora local quando, a pouca distância, distinguiu uma ramificação no trajeto. Mais perto, uma tabuleta enterrada num acervo de terra indicava dois caminhos diferentes com o mesmo destino. Coroa Austral, o mais longo, onde teria de rodear a segunda montanha por um trilho plano e bem demarcado, mas que lhe levaria dias; e o atalho Coroa Boreal, um desfiladeiro que atravessava parte da montanha, mas que oferecia mais riscos. Optou por este. Não sei bem porquê! O Caçador nunca foi homem de arrojos. Suponho que, muitas vezes, avançamos por um caminho menos cómodo pela mesma razão que avançamos pelo outro, por não existir a alternativa perfeita, a que realmente nos conviria.

Andou até uma segunda tabuleta, uma de advertência, na

boca do estreito a permear, que dizia: «*Por debaixo das pétalas há pedras*».

- *Por debaixo das pétalas há pedras?* – Este foi o mote que o fez avançar. A passagem, coberta de pétalas de flores, formava um rio rosa sem pedras à vista. Meteu-se pela portela entre montanhas, decidido mas com precaução.

Aos poucos, lobrigou que o que havia por debaixo das pétalas eram fragmentos de pedras. À medida que caminhava despedaçavam-se, ressoando pelo desfiladeiro como cascas de ovo a partir. Quanto mais caminhava, mais se acentuavam os estalidos, mais os sentia. As pedras iam surgindo maiores no andar. O calçado começava a acusar alguma fragilidade, tinha os calcanhares doridos e sentia tudo na planta dos pés. E as pedras cada vez eram maiores.

A caminhada tornou-se um suplício e deu consigo a tropeçar nas ditosas pedras por debaixo das pétalas. E cada vez mais e mais pedras. E maiores. Tanto que acabou por perder o equilíbrio e cair, servindo-se das mãos como freio.

No chão, olhou para si, para onde lhe doía. A simples vista não havia mazelas, mas no interior doía-lhe tudo. Caído entre pétalas e pedras sentiu-se mais exausto da caminhada. Igualmente confuso. Porque estavam aquelas pedras no caminho, afinal? E as pétalas a encobri-las? Qual o significado daquilo? Porque aparecem pedras no caminho quando está tudo a correr bem? As questões convergiam sem sentido em catadupa, confundindo-o.

Pondo-se de pé recordou as vezes que se levantara do chão, desalentado, e as vezes que se refizera dos tropeções mesmo combalido. A mesma situação parecia repetir-se como um ciclo. Até longe de casa. Ainda que, desta vez, não fosse presa do lamento. Não oferecia resistência aos desafios. Apenas persistiam as dúvidas, na ânsia de se conhecer e apreender a superar-se.

Baixou olhar, exalando. Por debaixo das pétalas algo tremeluziu. Baixou-se para afastar as pétalas e descobrir o que luzia.

- O que isto? – perguntou-se, espantado com o que

descobriu. As pedras tinham mensagens gravadas, ocultas nas corolas desfeitas. *«Ouve o que as pedras do caminho têm para dizer, cada uma sussurar-te-á uma lição; tropeça, cai e levanta-te porque as pedras nunca serão as mesmas, nem tu serás; não há caminhos perfeitos, até os caminhos de pétalas têm pedras; o caminho é sempre o mestre, tu o seu aprendiz»*, leu por último e não pôde evitar uma expressão de consonância com as verdades dos escritos, que a mente ignorara, quase sempre nublada pelo estado de tristeza profunda.

Obrigou-se a continuar. Seguiu pela garganta estreita, pulando entre os altos sob pétalas, de vez em quando, detendo-se no caminho para ler o que diziam as pedras aqui e ali.

Quando saiu do passo, o Caçador foi surpreendido por um ligeiro tremor de terra. Caíram pequenos estilhaços das escarpadas, mas teve tempo de proteger a cabeça com a sacola. A terra parou e ele afastou-se, observando o caminho que o trouxera até ao próximo trilho da viagem. E a terra repetiu o abalo. Fragmentos maiores de montanha caíram, deixando a extensão de pétalas e pedras obstruída, deixando o caminho entre montanhas de existir.

O Caçador viu-se livre dos obstáculos que a própria mente impusera, tal como as mensagens tinham vaticinado. Comprovou ainda que há pedras que surgem do nada, como as que derrocaram com os sismos. Como aprendiz, inferiu a imensa fortuna que supunha sobreviver a todas as pedras no caminho, as lições do mestre.

No caminho são muitas as provações com que nos deparamos, umas maiores, outras menores, no entanto, mais tarde ou mais cedo, todas acabam por demonstrar que somos mais capazes de as superar do que pensávamos. De algum jeito, acabamos sempre por captar as mensagens que nos enviam. É isso que nos faz arriscar, continuar a aventura, tal como Caçador de Estrelas a sua.

O NÚCLEO DA LUZ

Caminhou sem descanso para se afastar do pedaço de terra tumultuosa. Até que, exaurido, suspendeu a andadura, estendendo-se no chão. O céu violeta mostrava-se maior e as nuvens ganhavam formas de animais, às quais, timidamente, se uniam as primeiras estrelas da noite, Capela, Vega; já mais escuro, de mãos dadas, Pólux e Castor. De momento, nenhuma estrela cadente.

Recobradas as forças, pousou a vista em terra. Encontrava-se defronte de um rio amplo, de onde divisou um grande povoado do outro lado, a julgar pelo número de luzes que acendiam àquela hora. Mais adiante, ao longo da elevação, tudo era indistinto. Não distinguia árvores de arbustos, caminhos ou casas que pudessem existir dispersas. Tão-só uma cor carregada a cobrir a que seria a próxima montanha a subir.

Com a caída da noite, queria encontrar um qualquer refúgio para descansar. De preferência, do outro lado, o mais distante da área sísmica! Os ensinamentos das pedras foram preciosos, mas o susto causado pela trepidação da Terra ainda lhe estava no corpo.

Encontrou a solução aos tremores num paredão de rochedos a escassos metros dele. Ali, várias pessoas se acomodavam numa embarcação tripulada por um homem esguio com cara de mal-humorado. Apesar disso, ajudava os passageiros a subir para o barco, cobrando antes a viagem, claro!

O Caçador correu até ele. De perto, o barco impunha. Era maior do que aparentava, feito de madeira lavrada com desenhos indefinidos, nebulosas com pontos de luz longínquos pintados a ouro, um a um. Por acaso, estrelas inalcançáveis.

Como curiosidade, Leitor, o nome do barco era Cinzel, de acordo com o inscrito, também a ouro, numa lateral. Sem dúvida, apropriado ao primor delicado do pequeno navio. Faltava saber se as pessoas que o ocupavam se caracterizavam pela mesma delicadeza.

- Boa noite! Há lugar p... para mais um? – perguntou o Caçador. O barqueiro olhou bem para ele antes de responder. A sacola esfarrapada, as roupas poeirentas, a barba de vários dias e o cabelo desgrenhado do Caçador de Estrelas não lhe inspiraram confiança.

- São cinco moedas! – O Caçador levou a mão ao bolso e de lá retirou duas, as que sobejavam. As outras dera-as a Polar.

- É tudo o que tenho, m... mas posso ajudar – ofereceu o Caçador. Os passageiros não se coibiram de dar uma gargalhada.

- Não preciso de ajuda e não trabalho por nada! – respondeu o barqueiro, impassível, preparando-se para partir. Cabisbaixo, o Caçador afastou-se com o troar do motor a arrancar. O transporte partiu sem ele, as gargalhadas ressoaram e o Caçador interrogou-se se esta viagem não fora uma resolução irrefletida. Os recursos começavam a faltar e sem recursos prosseguir a caminhada talvez já não fosse uma opção. A mesma luz que no princípio alumiara o caminho esmorecia.

Caminhou no paredão entre considerações, escolhas, decisões a tomar. Viu-se perdido. E então, viu uma réstia de luz. Atraído, deu largos passos ao encontro dela. Tratava-se de uma lamparina suspensa na haste de um bote corrompido pelos anos. Um homem que lhe fez lembrar Polar, com a mesma barba branca, expressão enrugada e semblante bondoso, desapertava as amarras, prestes a abalar. Quando o Caçador se aproximou, o homem encarou-o, parado.

- Precisas de ajuda? – interpelou. O Caçador assentiu com a cabeça.

- Na realidade, gostava de atravessar o rio. Será que me pode levar? Tenho d... duas moedas, mas...

- Sobe! – atalhou o homem, retomando o trabalho. - Sobe! De que é que estás à espera? Sei que o barco não mostra resistência, mas é um resistente! E sabes que mais? O meu Cruzeiro do Sul não fica atrás do Cinzel do barqueiro! As águas são as mesmas. Importa como emprego a força nos remos, como afronto o curso do rio. A atitude! – aditou, face ao ar hesitante do Caçador que, desajeitado, pouco habituado ao sulcar das águas, subiu para se sentar na Popa.

- O... obrigado.

- Não precisas de agradecer.

- Preciso, sim. Por favor, queira aceitar estas moedas e a minha ajuda. Eu posso remar – disse o Caçador de jorro. O homem sorriu, afável, pegando ele nos remos, as varas eram um prolongamento dos braços.

- Também não precisas de pagar a travessia.

- Mas...

- Não precisas – atalhou o remador, com o mesmo sorriso brando. - O meu nome é Dabih. Respeitando a sua vontade, o Caçador retribuiu, apresentando-se, expressando agradecimento com o olhar luzidio, comovido com a generosidade. O gesto levou-o a apreciar também o comportamento do barqueiro ao negar-lhe a travessia, mesmo depois de lhe ter oferecido ajuda com o barco. Se o barqueiro não tivesse procedido dessa forma quiçá, nesta hora sombria, não admirasse tanto a boa vontade de Dabih. Talvez o primeiro carecesse da empatia do segundo, no entanto, ambos eram válidos se pensasse o quanto um realçara a atitude do outro.

Entretanto, o remador manobrava os remos pelas águas noturnas, servindo-se da experiência e da luz da lamparina, que balouçava com o movimento.

O silêncio acompanhado do ritmo das pás contra a água, deram lugar à dúvida de há pouco. Sem recursos, deveria continuar viagem ou não? Para voltar para casa, teria de procurar trabalho na vila da outra margem e, com a gratificação, comprar os mantimentos pertinentes para o caminho de regresso. Para continuar teria de fazer o mesmo.

A mesma escuridão que banhava o rio invadia a consciência. Não era capaz de decidir-se. Pesava tudo o que o caminho lhe tinha ensinado e o que ainda persistia da inquietude que o empurrara para a caminhada, e as duas coisas tinham idêntica medida.

- Nem sempre é necessário um plano, sabes? – encetou, Dabih. - Às vezes, a rigidez do que é planeado gera distração, a distração afasta-te do caminho e acabas perdido na deceção – concluiu o discurso, quase lendo a mente do Caçador de Estrelas, quem o fixava, deferente ao razoamento de Dabih. - Já deves ter percebido que também há luz na escuridão – recomeçou, com o seu jeito despretensioso. - Podes fugir de ti, mas a luz não pode fugir do teu coração. É teu guia na inquietude e fará com que encontres o que procuras. – No meio do nada, alumiados tão-somente por uma pequena lanterna a rutilar na negrura que os cingia, essa luz chegou ao coração do Caçador. As palavras do velho remador ecoaram como uma voz apaziguadora: *«... a luz não pode fugir do teu coração»*. E, de improviso, uma solução abrilhantou tanta indecisão.

O ESPAÇO-TEMPO DA DECISÃO

- Desperta! – bradavam as águas agitadas ao sonho.

- Coragem. A maré mudará – abrandava o vento cúmplice, num rumorejo para não o despertar. Mas o Caçador quase despertou em aflição. O sonho era mais uma luta. Nos últimos dias tornara-se um hábito, quer de dia, quer de noite, ainda a decidir o que fazer. A ideia de perseguir o incerto dava a impressão de absurda. A balança já não pendia para ambos os lados de igual forma. Agora, pesava mais percorrer o caminho de volta do que as Cinco Montanhas. Talvez a luz que o remador falara não fosse forte o suficiente para lhe permitir ver mais além.

Alagado em suor, agitava-se sobre as caixas de peixe de uma arrecadação de pescadores, imerso no pesadelo. De pronto, a corrente feroz arrastava-o para o precipício, e no último minuto, quase a sufocar, viu-se em terra outra vez. Na margem, as pessoas que tinham escarnecido dele apontavam-lhe o dedo com rostos disformes, rindo, encurralando-o contra o caudal, onde acabou por cair, impelido. Em pânico, levado pela torrente, sentiu-se a afundar, tragando golfadas de água amarga a cada braçada. A ponto de sucumbir, alguém o socorreu. A mão calejada de um homem de longas barbas, arrastou-o até terra e, em seguida, desapareceu. Foi a mulher do medalhão quem o ajudou a recobrar os sentidos, com uma carícia no rosto e o olhar meigo que lhe dedicou. Ouvia-a falar mas não a entendia, ela falava uma língua estranha. Depois gesticulava, procurando fazer-se entender, acabando por se distanciar. A imagem dela dissipou-se no vazio, era brisa a levar o pólen de uma flor. *«Por favor, não vás»*, tentou dizer o Caçador. Todavia, as palavras não saíam da forma que as pensava, os lábios pesavam, emitindo sons graves e distorcidos. Ato seguido, encontrou-se no desfiladeiro onde desatou a correr, esquivando as pedras que caíam com o estremecer da Terra. O chão estalou a seus pés, engolindo-o. Num ápice, viu-se sumido na escuridão, onde de novo ouviu vozes:

- Pois eu não vou desistir. Quando as águas pedregosas não me permitirem remar, saltarei de pedra em pedra. Se acredito que é possível, estou a meio caminho de lá chegar. – A voz soou-lhe familiar. Podia ser o timbre baixo e rasgado de Dabih. Porventura, o de Polar. Sem embargo, era o vento, a responder às águas travessas.

Como não podia saber de quem se tratava, com as mãos tateou tudo à volta para encontrar esse alguém, descobrir o lugar onde se encontrava afinal. Aos poucos, as mãos foram dissipando o negrume e achou-se no precipício frente à vastidão, no mesmo lugar onde começara a jornada. Naquele ensejo, o Sol desaparecia entre o céu e o mar. O desejo de superar todos os dilemas aflorou, tal como a primeira vez que achou a água salgada. De pesadelo passou a sonho. Fixou o horizonte, manifestando um desejo, e um sentimento positivo nasceu. Por fim, assimilou que o caminho acabaria por surgir, fosse qual fosse o rumo que tomasse. As ondas fremiam em coro para o vento:

- Se acham que ele é capaz de continuar, que conselhos lhe dão? Sim, porque nós não acreditamos que ele consiga chegar a algum lado sozinho, sem o auxílio de uma voz racional.

- Conselhos? Ora, observar a respiração e procurar o silêncio mesmo no caos. É tudo quanto irá precisar. – Desta vez, respondeu a Lua Nova, que arribava de dia, sorrindo, a mover as ondas a ribombar, com as gaivotas a ralhar ao longe, em círculos por cima de um farol. Distrações para o Caçador, que não permitiram ver logo o foco de luz vindo dessa torre na praia. Uma luz ténue mas com uma direção definida.

Foi quando acordou com um balde de água malcheiroso com cabeças, barbatanas e espinhas pelo meio.

- Desperta, ó dorminhoco! – acordou-o um pescador. A arfar com o sobressalto, o Caçador desembaraçou-se dos restos de peixe.

- A dormir não se pesca! – disse outro pescador.

- Despacha-te! Levanta-te, veste uma camisola e ajuda-nos a levar as redes para o barco – tornou o primeiro. O Caçador levantou-se, lavando-se com água fresca; vestiu a camisola, pegou na sacola e, sozinho, levou todas as redes para o barco. Os pescadores Fobos e Deimos seguiram-no pasmados, silenciados com a súbita garra do *dorminhoco*. Quando chegaram ao barco, o Caçador fazia o caminho de volta, cruzando-se com eles, retomando o *seu caminho*.

Após uma temporada a pescar para conseguir moedas, tinha tudo o que precisava: sacola provida, moedas no bolso e atitude renovada.

A PASSAGEM MERIDIANA DO SILÊNCIO

Seguiu pelo atalho recomendado por Dabih. Um trilho ermo, não tão agreste como o caminho de pedras, nem tão agradável como o caminho junto ao rio. Desta feita, este era areado com inclinação e pouca vegetação à roda, apenas estepes sombrias, distantes umas das outras, que recordavam o lugar onde morava.

Ao chegar ao final do percurso, já na encosta acidentada da segunda montanha, deparou-se com uma insólita ponte serpenteante que ligava um montículo a outro. A construção era extensa em madeira coberta, como um túnel estreito suspenso a vários metros do solo por vigas esguias sob terrenos alagados.

Na entrada da passagem encontrava-se um rapaz magro de aspeto curioso, vestimenta alaranjada, da mesma cor da barba de semanas. O olhar afadigado era outra característica.

Perante uma ponte decrépita e um terreno resvaladiço, avaliou a senda a seguir. Razões que o levaram a procurar mais informação:

- Desculpa – empeçou, com o rapaz a dirigir-lhe a atenção vagarosamente. -, sabes dizer-me se há outro caminho para chegar ao outro lado?

- Para seguir em frente só há um caminho. É este – respondeu o desconhecido com a mesma preguiça com que olhara para o

Caçador de Estrelas.

Não lhe restando alternativa, o Caçador espreitou para o interior do longo corredor. Afigurou-se mais perigoso do que antes antevira. As traves estavam corroídas pelo tempo, e entre elas havia buracos como armadilhas. Sendo aquela a única via, hesitou continuar. Face ao dilema, optou por recuar, sentando-se ao lado do rapaz, apresentando-se primeiro, indagando depois:

- E o teu nome é...

- Unukalhai.

- Trabalhas aqui, U... Unu... kalhai?

- Sim, trabalho aqui. – A voz do rapaz soava cada vez mais pachorrenta. O que não era de estranhar. Não passava ninguém e o trabalho não devia ser muito. Algo que suscitou outra questão:

- E o que fazes?

- Asseguro a manutenção da ponte. – O Caçador arqueou o sobrolho e tornou a examinar a ponte, especulando sobre a maneira como o rapaz mantinha a estrutura, se não havia nada nela que inspirasse segurança.

- C... claro, claro! – balbuciou o Caçador, volvendo o olhar a Unukalhai, incrédulo.

- Esta ponte não precisa de muita manutenção, sabes? Continua estável e resistente. Nunca ninguém caiu!

- Por que não passam mais pessoas por aqui?

- Bem, dizem que lá dentro se ouvem as vozes de espíritos – terminou Unukalhai num rumorejo arrastado para amedrontar.

- Espíritos? – Com o espanto do Caçador o rapaz meneou a cabeça afirmativamente, mas com a mesma morosidade que empregava a falar, corroborando o que dissera de olhos arregalados.

- Não temas. Todos os dias passam por aqui as mesmas pessoas, por isso, não deve ser assim tão assustador – rematou com graça o rapaz. O comentário despertou um sorriso no Caçador. E há muito que não sorria. O que originou uma resolução audaz:

- Se há pessoas que passam pela ponte mais de uma vez, vou experimentar. Até mais, ...

- Unu... ka... lhai – articulou ainda mais vagaroso.

- Unukalhai – repetiu o Caçador com um aperto de mãos. Em seguida, aventurou-se na passagem.

De início, sentiu uma oscilação na estrutura. O vento soava mais forte dentro do corredor, reboando, arremedando o interior de um búzio. Não ouviu vozes, unicamente o ranger das traves a cada passo seu. De resto, não se ouvia nada do exterior. Esta espécie de silêncio latente, ao cabo de um tempo, tornou-se difícil de suportar.

O silêncio da solidão fora necessário. De alguma forma, a introspeção permitira-lhe descobrir-se e apreender a gerir os fantasmas do passado. Embora sentisse alguma turbulência no pensamento. Sobretudo, quando avivava o facto de ter ficado sozinho na vida.

Ainda assim, persistia. Aquela luz de que Dabih falara dizia-lhe que valeria a pena continuar a caminhar. Aqui, enfrentava-se a algo diferente. Não obstante as condições externas, era o interior que devia defrontar. Ou observar.

Desde que iniciara viagem ainda não tinha estado num espaço fechado, em companhia do silêncio, como no moinho. E este era um espaço interminável. A *ponte-corredor* não tinha fim e a calmaria começava a produzir-lhe alguma ansiedade.

À inquietação juntava-se o medo crescente que se apoderava dele quanto mais avançava. A estrutura não era segura. Balançava. De tal modo, que em mais de uma ocasião teve de segurar-se às paredes do corredor, temendo um desabamento abrupto.

O que o perturbava era o despertar da ansiedade, o monstro que tanto queria expulsar do seu interior de uma vez por todas. O Caçador entendia esta reação como um retrocesso na sabedoria alcançada, e como resultado: frustração.

A isto unia-se o cicio do vento, maçador, a favorecer a agonia.

- *«Não vais conseguir»* – julgava ouvir a aragem murmurar-lhe ao ouvido. Prosseguia e de novo ouvia: - *«Aonde pensas que vais? Não conseguirás reparar o tormento da alma nesta viagem disparatada». –* A respiração acelerou e escutou: - *«O equilíbrio que procuras não é para ti. Nunca o encontrarás».*

Seriam estas as vozes dos espíritos? Ou seria a voz do medo, que o acompanhava desde que partira de casa?

No momento em que notou que a mente suplantava a razão, parou. A tal luz no coração apagara-se. A pulsação descontrolada e a sensação de falta de equilíbrio motivaram a falta de ar, faltando uma perceção real, presente.

O silêncio também pode ser ruidoso. Demasiado ruidoso. Os pensamentos multiplicam-se e é impossível encontrar calma entre tanto barulho. Quase soltou um grito, desarvorado. Queria sair dali! Maldisse Dabih por ter sugerido este caminho e Unukalhai por lhe ter dito que por ali passavam pessoas.

- Pessoas por aqui? Na imaginação dele, sim! – praguejou o Caçador. Ainda assim, observou o pensamento e as sensações que afloravam, recriminando-se a si mesmo pelo seu comportamento. Porém continuou a caminhar. A palpitar e a agarrar-se ao que podia para avançar. Passo a passo.

- *«Não tenho nada a perder. Posso não encontrar o que procuro, mas o que encontrei até agora valeu a pena. Pelo menos serve para me livrar de ti, medo»* – falou o espírito da coragem.

Aos poucos, foi varrendo do interior a angústia. A passo e passo, constatou que a estrutura que realmente balançava era a dele. Era a sua história, as convicções às que ainda se aferrava. Era essa a estrutura que nesta viagem, de dia para dia, ia sendo demolida.

Talvez os espíritos fossem a voz interior de cada um. A voz que ouvimos quando nos rodeamos de silêncio.

Mas, quanto mais depressa saísse dali, tanto melhor!

A IMENSIDÃO DE JÚPITER

A seguir a muitas horas de estirada, encontrou no declive uma povoação esparsa de moradias caiadas. Retículo, assim se chamava, viu ao entrar. Pelas ruelas foi encontrando as decorações remanescentes de alguma festa popular. Apreciou a iluminação em particular, grinaldas de diminutas luzes dependuradas de casa em casa, em forma de rede. Para o Caçador reproduziam estrelas na Terra.

O dia findava e entre os poucos moradores que transitavam pelas ruas ainda conseguiu saber onde poderia pernoitar. Nas indicações disseram-lhe que falasse com uma tal Cassiopeia na hospedaria Peregrina, estabelecida lá para o coração da vila.

Encontrou a hospedaria na quelha indicada. O nome da tabuleta estava gasto, mas ainda se lia *Cintilante*. A porta estava fechada, no entanto, de fora ouvia-se o alvoroço de muitas pessoas entre as quatro paredes. O Caçador entrou, comprovando o abarrotamento. Por certo, seria o culminar do arraial.

A hora do jantar aproximava-se e todos queriam encontrar um espaço para se deliciarem com os cozinhados da famosa Cassiopeia. Ao olfato chegaram-lhe os odores de várias ervas aromáticas combinadas com esmero. Experimentou o calor humano, companhia depois de dias a jornadear sozinho.

Abeirou-se do balcão, onde vários homens serviam, para perguntar por Cassiopeia. Azafamados, a prover as bebidas reclamadas pelos que se acercavam, nem deram pela gaguez do Caçador entre o vozeado impaciente dos demais hóspedes. Voltou-se de encontro às mesas, para ver se descobria mais alguém no atendimento. Era quase impossível diferenciar os clientes de quem estava a atendê-los. Havia pessoas sentadas e pessoas de pé por todo o lado. Mais do que uma hospedaria, aparentava uma cantina a receber todos os habitantes do lugar.

Virou-se para o balcão, quando um dos homens que servia olhou para ele.

- Posso ajudá-lo? – instou o empregado.

- S... sim, por favor. Procuro a Cassiopeia para... – O Caçador não terminou a frase. O homem indicou com o dedo quem procurava, prosseguindo com a azáfama. A tal Cassiopeia aproava num extremo do balcão, junto à porta da cozinha, fixando a Fornalha, a orientar as tarefas do pessoal daquela secção. O Caçador foi ter com ela.

- Cassiopeia. – A mulher virou-se para ele. Tinha o semblante marcado pelos anos dedicados ao trabalho. Mulher de grande porte com um avental pequeno perdido no corpo, o cabelo apanhado com madeixas a pairar em várias direções e um olhar azulado penetrante. A voz era forte.

- Sim! – respondeu, aproximando-se, rude. A presença impunha respeito.

- D... disseram-me... que aqui encontraria boa comida e um quarto para esta noite – disse o Caçador, com um resquício de esperança de ainda haver lugar para ele. Ainda que, de seguida, o lado derrotista lhe anulasse a expectativa, acotovelado por tanta gente. Estava claro que a hospedaria era pequena para todos. Cassiopeia olhou para o Caçador, examinando-o, com o cenho a preguear. Viu boa índole e carências que precisavam da sua ajuda.

- E também vais encontrar um bom banho! – retorquiu ela. Os que estavam próximos riram alto o reparo, retomando de imediato a conversa que os entretinha. O Caçador riu juntamente. Cassiopeia tinha razão, precisava de *um bom banho*! - Caph, filho, vê se encontras sítio numa mesa para este, enquanto o levo à banheira! – dispôs ela, fazendo um sinal com a mão para que o Caçador a seguisse até ao piso dos aposentos.

A seguir a um banho demorado, um prato de comida quente completaria o dia. Apesar de ter tirado de cima o cansaço debaixo da água cálida, sentia-se ainda débil. Há muito que não comia um prato de comida com aroma tão apetecível, como o que manava da cozinha da Peregrina.

Asseado e de barba feita, mal desceu as escadas, procurou Cassiopeia. Do balcão, ela acenou-lhe com a mão.

- Sente-se na última mesa junto às escadas. Tem gente mas há lugar para si. Eu já levo um prato. Cih, o meu filho armado em mestre da cozinha, diz que está quase pronto. – O Caçador acatou a ordem. Atravessou a sala permeio dos hóspedes barulhentos, muito animados com o convívio e a comida suculenta.

Ao chegar à mesa designada, sentou-se aligeirado no banco de madeira vazio, não fosse alguém surripiar-lho. Um empregado espadaúdo estava debruçado na mesa, a passar um pano do seu lado. O empregado afastou-se e o Caçador surpreendeu-se com a pessoa com quem iria partilhar mesa. A última pessoa que esperava encontrar no meio daquela confusão: a mulher do medalhão! Não consigo nem descrever a alegria que o invadiu com o inesperado do reencontro. Ali! O coração do Caçador iluminou aquele recanto escuro junto às escadas, ao luzir por debaixo de pele e roupa, ruborizado.

Mesmo num lugar informe e desalinhado, continuava a vê-la como a perfeição personificada. Trazia o mesmo casaco masculino azul sobre a camisa e o enigmático medalhão ao pescoço.

O olhar do Caçador manteve-se sumido no rosto cândido dela, sem proferir palavra. Foi ela quem, ao descobri-lo defronte, se pronunciou:

- Hoje, tenho a certeza de que percorremos o mesmo caminho – murmurou, exteriorizando aprazimento na expressão soturna. O bom aspeto dele também não passou desapercebido. O Caçador, porém, demorava-se no mutismo. Incrédulo. Resistia-se a abandonar o instante. Olhava-a e via traços esculpidos pelas estrelas, uma aura que o instigava a sonhar. - Estás bem?

- Sim, e... estou. Que surpresa! Não esperava ver-te... outra vez. Aqui... – foi o raciocínio dele, rememorando as palavras dela: *«se o nosso destino for o mesmo, iremos encontrar-nos de novo».*

- Bem, estou aqui e tu também, e parece que vamos jantar juntos. O Universo é travesso, suponho. Neste caso, as circunstâncias que nos proporcionou não podiam ser melhores – vacilou ela, com inequívoca timidez.

- Fico contente que se estejam a dar bem, porque vão ter de se juntar para dar lugar a outro cliente de última hora. Não consigo dizer que não a ninguém. O que se há-de fazer? – interrompeu Cassiopeia, dispondo os pratos de comida na mesa. O Caçador não perdeu a oportunidade de se sentar ao lado da amiga. Cassiopeia lançou-lhes um olhar indiscreto, palpando qualquer coisa no ambiente. Virou costas a sacudir a cabeça, a cochichar para si entre risos.

Pouco depois, chegou o cliente para quem Cassiopeia pedira espaço. Um homem de grande estatura, robusto de porte hercúleo, envergando roupas que bem podiam vestir dois homens, com mãos e pés de gigante. O nome Júpiter bordado no bolso da camisa fazia jus à presença. Quando Júpiter se deixou cair no assento, qual árvore abatida, mesa e pratos estremeceram com o desabamento. O copo do Caçador quase caiu se não fosse o reflexo que o levou a apanhá-lo no ato.

- Desculpem – disse o homem corpulento, ajustando as pernas à altura da mesa.

- Não se preocupe – correspondeu o Caçador, observando-o. De algum modo, empatizou com o grandalhão. Quando chegara à hospedaria carregava o mesmo cansaço.

- Estou exausto! Estive todo o dia no mar e nada. Apareceram na rede uns pequenotes que devolvi à água. – O gigante elevou o olhar enquanto falava e viram que tinha um olho fechado. Ambos indagaram como é que aquele homem se atrevia a enfrentar o mar privado de metade da visão.

- Pesca sozinho? – largou o Caçador. Ela observava o gigante, sensibilizada.

- Sim, sozinho. Tenho a força de cinco homens – brincou, colocando as mãos sobre a mesa ao lado das do Caçador. Quase dobravam em tamanho e todos riram com isso. - Não tenho medo da solidão, se é essa a questão – ampliou mais sério. - Há anos que sobrevivo sozinho. O que me preocupa é perder as forças e não poder continuar. Falta-me mais do que uma vista, tenho uma perna que me faz a vida um inferno e o mar tem tanto de generoso como de exigente. Exige bravura e respeito. Coisas que começo a perder.

- Pensa deixar o mar? - interpelou ela.

- Oh! As águas salgadas já ditaram sentença: o fim dos meus dias não será no bailar das ondas. Sei que um dia não poderei regressar ao mar – abriu-se o gigante, com um sorriso distendido. Mostrava-se confiante, determinado, satisfeito fosse o que fosse o que o destino lhe reservasse. O Caçador olhava-o com admiração, enquanto a amiga represava as lágrimas a ressumar com dó.

- Tem uma força de vontade admirável. Como... como consegue manter essa energia? Qual é o seu segredo? – perguntou o Caçador, curioso ante a possibilidade de descobrir por fim uma resposta à permanente melancolia. O gigante curvou os lábios, formando uma expressão extremosa.

- Há perguntas que para todos têm a mesma resposta, ainda assim resistimos-lhe. Pensamos que para nós a resposta é diferente, quando não há diferença entre nós. Essa resistência faz-nos cair sempre no mesmo, uma vez e outra. A gravidade é indiscutível, as condições atmosféricas são incontornáveis, o amor é uma força da natureza... – dilucidava o gigante, fixando os interlocutores com a última afirmação. - ... e a gratidão constitui uma fonte de energia inesgotável. Energia sempre ao nosso dispor. A *gratidão* é o meu segredo. Porém, não basta agradecer. O mesmo sentimento que acompanha a palavra deve estar em tudo o que somos, em tudo o que já possuímos. Resta-me uma vista, mas ainda vejo; a mobilidade já não é o que era, mas ainda posso caminhar e lançar redes ao mar; fiquei sozinho neste mundo, mas ainda posso partilhar a minha experiência com os outros, assim haviam de querer os que me deixaram – finalizou, contemplando o medalhão que a mulher trazia ao pescoço. O Caçador também observou o objeto, interpretando a dolência dela.

«Então perdeu alguém. Esse foi o ponto de partida da sua viagem», apurou para si.

- Tem razão. Há verdades às quais resistimos. O poder da gratidão é uma delas. Não sei como não consigo tê-la sempre presente – confessou ela, a voz era um ruflo de padecer. O Caçador quis tomar-lhe a mão e apaziguar a dor, ser ele a enfrentar o monstro que a afligia. Mas não encontrou ousadia para isso.

- O truque está em começar pelas pequenas coisas, as que damos como adquiridas, e agradecê-las mesmo que isso nos pareça ridículo. Aos poucos, torna-se um hábito com tal dimensão que acabamos por não encontrar vagar para o lamento – completou Jupíter.

No final da conversa, o Caçador assistia à troca de ideias entre os dois, ainda que assimilando cada palavra.

- Obrigado – disse o Caçador ao gigante, pleno de agradecimento. *«Obrigado»*. A palavra soou a todos com a mesma força do pescador, imbuídos do poder transformador que apregoava.

O EFEITO SUPERNOVA

Na manhã seguinte, o Caçador acordou tocado pelo calor do Astro-Rei a romper no quarto. O dia apresentava-se alegre.

Saber que a mulher do medalhão estava perto, algures noutro quarto da Peregrina, sustentava a ideia de um aproximar. Mas, quando se despediu dela por segunda vez, a luz intensa que começava a despertar no Caçador extinguiu-se. De modo inesperado, esta luz estelar foi perdendo o seu brilho para o cosmos, dando origem uma nebulosa de confusão para o Caçador. Esta espécie de Supernova, cujos efeitos ignoram, de alguma maneira, afetará os caminhos de ambos.

Na sala livre de esfaimados, Cassiopeia foi testemunha de como a ilusão do Caçador de Estrelas, de poder acompanhar a mulher do medalhão no caminho, se perdia também nesta ocasião.

O vazio que deixava quando a via partir, só era eclipsado pelo desassossego de que ele procurava livrar-se.

Uma vez mais, ela partia sozinha, sem nome, perseguindo a mesma paz que ele anelava. Não obstante na bagagem dela pesar a perda de alguém de quem não quis falar. Essa dor também pesava no coração do Caçador. Sobretudo, quando disse: *«até um dia».*

O Caçador de Estrelas quis dizer-lhe o quanto ela o inspirava ou sugerir que o deixasse acompanhá-la, ainda que fosse à distância que a ela lhe aprouvesse. Ou abraçá-la e trasladar um acervo do seu sofrimento para si próprio, para que o caminhar dela fosse mais leve. Tal era o sentimento de proteção que suscitava. No entanto, de novo, não teve desembaraço para o fazer, deixando que palavras e gestos fossem absorvidos pelo silêncio, escravo do ruído interior.

Quando a mulher do medalhão cruzou a porta da hospedaria, Cassiopeia observou o Caçador paralisado no centro da sala, abanou a cabeça e refilou entre dentes:

- Como perdemos tempo às vezes! São mais os abraços que se querem dar do que os que se dão.

O SONHO DE UMA ESTRELA

A subir a vertente da segunda montanha, entre um emaranhado de árvores de grandes pernadas e longos braços prenhes de vida, ouvia o canto melodioso de uma variedade de aves multicolor, que entoavam desordenadas. Distraído com a atividade circundante, acabou por se perder. Se antes tinha a certeza de que percorria o caminho certo, de repente, nem sequer sabia a que distância estaria da montanha. A pulsação acelerou com a possibilidade de estar a encaminhar-se para a selva.

«E se aparecer o Grande Felino?» - falava o medo no pensamento.

Perdido, palmilhou o terreno em várias direções, em busca de um trilho menos enleado. Um trilho que permitisse retomar a segunda etapa da viagem. Mas, quanto mais caminhava, mais desencaminhado se encontrava. Eram mais as árvores, eram mais os pássaros, era mais o calor. E mais os ruídos que o desorientavam.

Abrasado pelo calor cada vez mais intenso, parou na sombra de uma árvore não muito alta. Retirou o cantil da sacola, sorveu um pouco de água e molhou a palma de uma mão para refrescar o rosto, ao mesmo tempo que se apoiava no tronco da árvore.

A floresta continuava a interpretar a mesma melodia.

Todavia, iria jurar que percebia outra sonoridade subjacente. Ouvia o rufo cadenciado de um tambor e o sopro delicado de uma flauta, não muito distantes.

«Os músicos podem indicar-me o caminho!» - a esperança calou o medo.

Seguiu a música com grande expectativa. Se calhar, ia encontrar os mesmos músicos que vira na margem do rio!

«Talvez a mulher do medalhão esteja com eles» - desejou o coração, a despeito da despedida.

Os pássaros planavam de galho em galho, arrastando um arco-íris com o seu canto díspar, na peugada do Caçador ou atraídos pela música dos homens. Enquanto o tambor e a flauta soavam mais próximos.

Na fração de tempo em que o Caçador pressentiu os músicos depois de uns arbustos, embrenhou-se neles, impaciente, arranhando mãos e braços, até descobrir quem interpretava tão graciosa melodia. Com espanto encontrou uma pessoa, um homem de melena escura, de baixa estatura e grandes olhos. O músico, entregue à composição, pegava na baqueta com a mão direita com que percutia e com a esquerda segurava a flauta. Dependurado no tambor tinha um pequeno carrilhão que soava disperso com o ritmo da caixa de percussão. E no pé segurava uma pandeireta meia-lua a acompanhar. Todos os instrumentos mostravam-se artesanais, com as manhas que tão-só o próprio artífice é capaz de contornar.

O Caçador não interrompeu e entreteve-se a ouvir o músico até este dar conta da assistência.

- Público! – surpreendeu-se, tanto quanto o Caçador se surpreendera ao descobrir que um único homem podia formar uma orquestra.

- Desculpa. Eu... eu não quis interromper.

- Ah, não peças desculpa! Estou de abalada. Vim até aqui à procura de inspiração – contrapôs o músico, com um timbre de voz singular, que cativa em seguida.

O Caçador julgara-o bem mais jovem do que ele, mas o

músico bem podia ter a sua idade. À voz grave uniu-se um olhar a somar vincos. O sorriso delatou-o.

- Precisas de boleia? – inquiriu depois, alojando a baqueta e a pandeireta numa bolsa de lã púrpura a tiracolo.

- Bem, eu... estou perdido. Procurava na encosta o melhor trilho para subir esta montanha, mas a floresta despistou-me. Depois ouvi a tua música e pensei pedir ajuda.

- Então precisas de boleia? Eu também vou subir a mesma montanha.

- Podes dar-me boleia? Agradeço...

- Eu não disse que te podia dar boleia. Não tenho transporte. Foi curiosidade – brincou o músico, cobrindo a cabeça com um chapéu preto de aba grande. O Caçador riu de si mesmo, embaraçado. - Mas sei quem nos poderá dar boleia. Anda daí, homem perdido! – disse, cruzando-se com ele, retomando o caminho do Caçador no sentido contrário. Este apressou-se em acompanhar-lhe o passo.

- Vais para a povoação mais próxima? Parti de lá...

- Não, não te apoquentes! Não te estou a levar para nenhuma aldeia. Se bem que podíamos chamá-la: aldeia ambulante. – O comentário gerou confusão no Caçador.

- T... têm pessoas, certo? – perguntou o Caçador de chofre, algo receoso. O músico deteve-se e fixou-o de sobrolho erguido; os olhos vivos a examiná-lo.

- A interrogação é pertinente. No teu lugar teria reagido da mesma maneira. Devia de me ter apresentado e dizer-te para onde te estou a levar. Pois bem, vamos ao encontro de uns amigos, os nómadas das montanhas, e o meu nome é Indi – apresentou-se, prosseguindo caminho. - Não me conheces? Sou a estrela cá do sítio! – O Caçador corou, constrangido. A verdade é que nunca ouvira o seu nome. Não duvidava do estrelato. Mas como podia conhecer Indi, se nunca antes saíra de casa?

Indi mostrou ser um tipo divertido e, uma vez quebrado o gelo, ambos entabularam logo uma conversa. Ao cabo de minutos, conheciam-se há anos! O Caçador nunca tivera tanta empatia com alguém.

A floresta começou a abrir caminho. As árvores afastavam-se ante a presença de Indi, suspeitava o Caçador, ao vê-lo caminhar sem custo por carreiros que antes não existiam. E, aos poucos, a vegetação começou a rarear, dando lugar a clareiras e, por fim, ao caminho da montanha. No começo do trilho encontravam-se várias famílias, aguardando por Indi, acomodados em carroças apinhadas de casas desarmadas. Uma autêntica *aldeia ambulante*!

- Vês? Boleia – anunciou Indi. - Há lugar para mais um? – perguntou ao grupo. A carroça indicada pelo ancião do grupo foi a mais pequena. Transportava o carroceiro e uns quantos mantimentos, ao lado dos quais se sentaram os dois últimos em chegar.

As crianças despediram-se daquele pedaço de terra com acenos intermináveis a sorrir, radiosos. Ao passo que a caravana avançava, carroça atrás de carroça, rumo aos socalcos da montanha, situados a metade do trajeto que levava ao pico. Nesses terrenos permaneceriam desde a estação fria até ao final da primavera. Era um lugar abrigado, fértil, banhado pela nascente, com grandes quedas de água.

Entrementes, Indi amenizou a ascensão trepidante com música. Todos se divertiam com as suas originais peças, enquanto das carroças que transitavam atrás lhes passavam frutos secos prontos a merendar.

Desde logo, os nómadas acolheram o Caçador como outro membro da grande família que eram. Um conceito que o Caçador também rememorou. Há quanto tempo não desfrutava da companhia dos seus? Muito, talvez. Pouco, de facto. A morte parecia tê-los levado ontem. O tempo passa, mas não passa quando a perda é incomensurável.

Entre canções, antes do cair da noite, a caravana chegou ao destino, uma clareira no último dos socalcos, onde resistia uma aldeia de tempos remotos. Parte das casas estavam recuperadas e habitáveis para os nómadas.

Entre todos descarregaram as carroças, juntaram lenha

para o fogo e preparam o jantar. O Caçador colaborou em todas as tarefas, sentindo-se útil.

Com o crepúsculo o Caçador afastou-se do grupo até ao limiar do socalco, elevando o olhar ao céu. Embora não esperasse avistar a sua estrela cadente. Interiorizou que talvez ainda não soubesse como descobri-la no firmamento, que ainda tinha um caminho pela frente até essa ocasião mágica. *«De momento, caçarei as estrelas ao meu alcance».* De entre as constelações, Orionte sorriu-lhe, concordando.

- O que seria das pessoas se não vivessem os sonhos? O que seria dos sonhos se não lhes déssemos vida? – murmurou Indi, acercando-se, inclinando a vista sobre a extensão de montanhas que os rodeava, capturado.

- Qual é o teu sonho, Indi? - seguiu o Caçador.

- O meu sonho é que a minha música percorra as Cinco Montanhas, que chegue a todas as povoações e acarreie esperança, que transmita alegria ou quietude, que apazigúe todos os males e enalteça a ventura de cada um. Sonho tocar numa montanha e ser ouvido em todas. Sonho que esta minha música inspire felicidade a todos quantos a ouçam – explicou, gesticulando, simulando abraços. Os olhos dele brilhavam como os astros no escuro, viam o que o Caçador ainda não conseguia ver. - À noite fecho os olhos, deixo-me embalar pelo meu sonho e de manhã acordo disposto a torná-lo realidade. Não deixo lugar à melancolia, nem à lamentação. Concretizar o sonho é o meu único motor.

O Caçador viu a ilusão do músico como o mais generoso dos sonhos. Não duvidava que a música divertida e a energia contagiante do amigo pudessem ser capazes de mudar vidas, inspirar como ele dissera. Conquanto, não pôde deixar de ver aquele sonho como algo distante também. Quiçá irreal. Ainda assim, Indi mostrava-se confiante. Para ele, o dia em que os seus desejos se realizariam chegaria, sim ou sim.

- Existem sonhos que não sabemos como realizá-los, mas tu pareces saber como – parafraseou o Caçador de Estrelas.

- Tu também sabes! Todo o sonho tem um ponto de partida

e, pelo que vejo, tu já partiste! Estás no caminho do teu sonho. Porque não o vives com alegria? – O Caçador olhou para ele, demandando o mesmo.

- Como? O que posso fazer para viver um sonho que não vejo?

- Acreditar. Acreditar. Acreditar...

O VÓRTICE DOS PASSOS

Despertou com o Sol a romper por detrás das montanhas. O matiz de cores douradas caiu sobre a selva e daí subiu os socalcos da segunda montanha até ele, recordando-lhe que estava na hora de partir.

Quando se aproximou do grupo para a despedida, Indi ideou um abraço coletivo. Desprevenido, o Caçador deparou-se com uma massa humana à sua volta. Em uníssono, desejaram um caminho silencioso, em paz, repetindo-o até o perder de vista. Indi, porém, garantiu-lhe que se voltariam a ver, que a despedida era meramente um *até breve*. O músico ainda recomendou que se apressasse até à caverna do eremita, antes que a chuva o apanhasse no caminho.

- As nuvens ameaçam uma boa carga de água. Aqui as chuvas podem ser terríveis! – advertia, sobrepondo-se às vozes dos nómadas, a ver o Caçador de Estrelas encetar a caminhada. Pouco depois, estugou o passo, deixando os socalcos atrás, misturando-se na paisagem escabrosa que lhes precedia até ao cimo.

O percurso conduziu-o até um caminho estreito pelo despenhadeiro. O vento soprava forte e evitou sempre olhar para baixo. Ainda que, por vezes, fosse obrigado a fitar o chão, não fosse dar um passo em falso.

A tormenta surpreendeu-o antes do previsto, com chuva impiedosa. Deslizamentos de porções de terra sucediam-se e segurava-se aos ramos das árvores arraigadas ao flanco da montanha, para continuar a marcha.

- Onde estará a caverna do eremita? – barafustou. A voz perdeu-se na ventania, que o castigava de frente.

Num instante, a chuva intensificou-se e uma enxurrada fê-lo resvalar vários metros pela ladeira. Quase caiu no precipício se não fosse a raiz carnosa de uma árvore, à qual se agarrou, quedando-se suspenso no vazio, com o coração num tumulto. Debaixo do temporal, exerceu de toda a força para que a raiz não lhe escapasse das mãos.

Como mudara a situação? Não havia uma hora que se despedira dos nómadas e de Indi, sentindo-se capaz de chegar ao topo da quinta montanha e, de lá, contemplar a sua estrela. Não havia muito tempo desistira de tudo, disposto a entregar-se ao precipício frente ao mar, se não fosse a interferência insólita de uma Fénix. E, agora, lutava pela vida. Pelo menos, Leitor, a viagem devolvera-lhe um renovado apreço pela vida.

Entretanto o sonho desabava, tal como a segunda montanha desabava em lama. Cada vez mais. Até a força deixar de servir.

A lama arrastou a árvore, as raízes e o Caçador montanha abaixo. O seu grito desgarrado ecoou na tormenta, ao passo que agitava braços e pernas, em pânico. Pressentiu o fim da viagem, mas não cedia.

Na queda vertiginosa, os pés deram com um rochedo no limiar do despenhadeiro. Foi aí que parou. De pernas fincadas, enterrou as mãos na lama até tocar terra seca, enquanto a torrente de ramos, pedras e terra pastosa passava por ele, numa queda lamacenta. A vertigem apoderou-se dele quando olhou para baixo. Queria sair dali, mas não podia.

Permaneceu no rochedo, atolado de lama, segurando-se como podia. Deixou de sentir as pontas dos pés e as mãos. E assim ficou, perdendo a noção do tempo, numa luta incessante com a gravidade.

Uma rajada repentina pôs ainda mais à prova a resistência, arrancando-o da montanha. O instinto fê-lo apanhar outra raiz no ato, cravando-lhe as unhas. Nesse ponto do barranco, o vendaval, mais e mais impetuoso, arremessava-lhe os destroços de vegetação que levava à sua passagem. O reflexo era um aliado.

Acautelado, avistou um vulto a voar na mesma direção. À medida que se aproximava, maior era a angústia. A maleabilidade e a cor do objeto eram-lhe familiares. Tecido. Azul-escuro. Era o casaco dela! Ao resgatá-lo do vento, resvalou. Foi uma mão redentora que o poupou da morte no abismo. Os braços do salvador alçaram-no, à medida que o Caçador impulsionava o corpo, procurando escalar a montanha escorregadia. Uma vez a salvo no penhasco, viu a figura de quem lhe socorrera. Sob uma capa de galhos entrelaçados, um homem com faces e barba maculadas de terra examinava-o, diligente. O eremita.

- O... obrigado – suspirou o Caçador, ao que o eremita não respondeu. Os olhos tremeluziram e, em seguida, voltou costas ao salvado. Debaixo de chuva, caminhou até uma escadaria rudimentar entalhada nas rochas montanhosas. O Caçador seguiu-o com urgência. - Viu uma mulher passar por aqui... a... antes deste dilúvio? – Talvez não entendesse o Caçador. Ou talvez não pudesse falar. O facto é que o homem de estranha capa manteve o mutismo, acelerando o passo até à caverna. Uma amplia cavidade na escarpa, com vários utensílios, cereais e mantas junto às paredes, tudo em torno à fogueira entre pedras que alumiava. O eremita ofereceu uma manta e fez um gesto para que o Caçador se chegasse à fogueira. Este aceitou, mais do que agradecido, e tornou a insistir no que o preocupava:

- Por favor, preciso de encontrar a mulher que vestia este casaco. Pode estar em perigo! O... ontem... ela saiu de Retículo um par de horas antes de mim. Pode ter pernoitado aqui e... partido bem cedo... – expôs o Caçador. O eremita inclinou o semblante, procurando captar o que tanto inquietava a alma que salvara. E, num repente, depreendeu. De olhos esbugalhados começou a gesticular, fez rabiscos no chão poeirento para explicar que ele também saíra à procura dela, mas em vez da mulher encontrara-o a ele em apuros; a mulher passara por ali e partira pouco antes do amanhecer, antes que o eremita pudesse avisar do temporal que se aproximava. Para o Caçador a explicação silenciosa do eremita soava alto na caverna. Eram palavras as que ouvia, enquanto lia os gestos.

- Vou encontrá-la! – disse o Caçador, decidido. Acima de tudo, apreensivo. Ele quase caíra pelo precipício, quem sabe o que poderia ter sucedido à mulher do medalhão? A ideia abalou-o. O eremita acompanhou-o com a mesma deliberação e juntos seguiram pelo trilho oposto ao do Caçador pela ladeira, cautelosos, apesar do abrandar da chuva.

Não havia pegadas nem vestígios da andadura dela, por isso, todas as fendas e concavidades por onde passavam eram vistoriadas com diligência. Minutos depois, o Caçador encontrou-a numa dessas fendas, bem no interior das paredes estreitas, abraçada a si mesma no chão. Estava encharcada, a tiritar.

O Caçador mal cabia naquele hiato da montanha, ainda assim, nem isso o impediu de chegar a ela. Apanhou-a nos braços com extrema delicadeza, procurando controlar as mãos que lhe tremiam, comocionado.

Ela estava bem, depois de tudo. Igualmente em comoção, ao ser salva por ele, o coração impregnou-se-lhe de júbilo.

Os braços do Caçador irradiavam esperança.

O ESPECTRO DA PAZ

Embalaram no sono a ver o colorido das estrelas pintadas na aventurina azul do teto da caverna. O clarão do fogo fulgia naquele Planisfério Celeste, conferindo visibilidade, consoante o movimento das chamas polvilhadas de fagulhas com cariz de estrelas. O movimento dava vida às constelações de estrelas representadas na rocha: Grou a tentar debicar Peixe Austral, que por sua vez se protegia, saltando para Aquário, cuja água se agitava com o adejar de asas de Pegáso a fugir de Lagarto, que medrava com o brilho de Cefeu, que mirava à alfa de Ursa Menor, a Estrela Polar, bem no centro do teto.

O Caçador acordou na caverna a meio da manhã, com a brandura da frente dela a escassos metros. Pestanejou. Ela iluminava tudo. Devolvia-lhe paz.

Retido na imagem dela a descansar, levantou-se, silencioso, chegou-se e atreveu-se a levar-lhe aos ombros as pontas da manta enroscada na cintura. No sono, ela afez-se ao aconchego. Ele, satisfeito, afastou-se com receio de o quebrar.

Considerou que devia falar com o eremita, Erídano, agradecer tudo o que fizera por eles. Se ele não lhe tivesse estendido a mão, onde estariam ambos?

A roupa encharcada da noite anterior estava estendida

perto do fogo esmorecido, pelo que não encontrou o eremita em seguida. A vista deu uma volta por toda a caverna até dar com o eremita junto à entrada da cavidade por onde o Sol aparecia a ofuscar. Estava virado para o astro, sentado com as pernas em feitio de flor e as mãos pousadas nos joelhos. O Caçador sentou-se ao lado dele e, quando abriu a boca para falar, conteve a voz. Erídano achava-se noutro sono, de olhos fechados e expressão serena, compenetrado no que quer que fosse que lhe ocupava a mente. Interrompê-lo seria quase um delito. A placitude espraiada no eremita era por demais valiosa para lha roubar. O Caçador queria aprender a fazer o mesmo e experimentar essa *placitude*. Era um dos desígnios da viagem.

Mas como? Como conseguia o homem fechar os olhos e tornar-se parte daquela luz que entrava pela caverna? Muitas vezes, quando fechava os olhos era quando o ar lhe fugia e o corpo não suportava a celeridade dos batimentos no peito. Tinha de haver uma forma de controlar tanta agitação! A força que manava do interior, qual tempestade, devia de ser a mesma que a parava. O eremita sabia como controlar essa corrente de energia.

Pressentindo a ânsia do Caçador, Erídano abriu os olhos muito devagar. Ao reparar na companhia ao seu lado, o homem sorriu e logo retomou o exercício de concentração. Foi quando a voz de Erídano soou de novo, no seu silêncio. Embora, desta vez, parecesse sussurrada na mente do Caçador.

As palavras guiaram-no até ao mesmo lugar tranquilo em que o eremita se refugiava, sempre que desejava. A voz do mestre da tranquilidade ditou que inspirasse e expirasse em profundidade algumas vezes, antes de submergir a visão na escuridão. O Caçador colocou-se na sua mesma posição e atendeu o guia em tudo o que lhe era transmitido, observando-o com atenção. Simulou o movimento do abdómen, acompanhando o ritmo da respiração.

Com as indicações de Erídano, fechou os olhos. Deixou-se ir. Não controlou os pensamentos. Deixou-os surgir confusos, velozes. Deixou-os fluir. Até deixar de lhes prestar atenção. A respiração cadenciada apaziguava as investidas obstinadas da ansiedade. O vínculo com o mundo material quase se quebrou no estado em que permaneceu durante um curto espaço de tempo.

Porém, um sentimento brotou mais forte: o medo. O medo de nunca conseguir livrar-se do desassossego, da depressão; de nunca encontrar a sua estrela cadente e não poder almejar sequer ser feliz.

O abismo em que de imprevisto se viu sufocou-o e abriu os olhos, sentindo-se um completo inútil. Nem para algo tão simples como fechar os olhos e deixar-se levar servia, julgou ele.

Frustrado, não teve coragem para encarar o eremita. Olhou para o outro lado e lá estava ela, de pé junto a ele. A inquietação aligeirou-se, observando-a. O ar meigo alterou-se para uma expressão carregada. O estômago do Caçador encolheu-se. O breve lance de paz desencaminhou-se. Algo pressentiu nela. Uma agitação familiar, que ela acabou por confirmar.

- Passei aqui demasiado tempo – hesitou ela, no registo mais delicado, em parte distante. - Tenho de ir.

- E... Eu posso ajudar-te. Acompanhar-te... quero eu dizer – tartamudeou o Caçador.

- Agradeço o que fizeste por mim, mas não quero companhia nesta viagem. É importante que a faça sozinha. – As palavras decididas dela gelaram-no. Porém, o Caçador teve uma ideia que a podia convencer a fazer o caminho em companhia.

O CAMINHO A ANOS-LUZ

Não esperava que, depois de tudo, ela decidisse prosseguir sozinha. Caminho que, afinal, se apresentava mais perigoso do que o imaginado. Por outro lado, a aproximação entre ambos alimentara a esperança de se poderem conhecer ao longo da travessia. Pensava que a confiança era mútua. Tinha a certeza quando ela olhava para ele. Ou assim queria acreditar o Caçador.

Recusando-se a aceitar a ideia de a encontrar numa situação semelhante à da tempestade, atirou a primeira coisa que lhe veio à cabeça:

- E se eu caminhar contigo c... com distância? – A cara de interrogação dela silenciou-o por segundos. - Caminharás sozinha. Nem darás pela minha presença. Eu estarei a metros de ti, até um de nós encontrar o que procura. Tenho a certeza de que serás a primeira a consegui-lo. Para mim a viagem terminará no topo da quinta montanha...

- A 100 passos de mim? – interrompeu-o, interessada, contrariando a indiferença que queria mostrar.

- Ou mais! Se quiseres, claro.

- 100 passos serão razoáveis. – O sorriso espontâneo dela revelou ao Caçador outra faceta da mulher do medalhão. O brilho de outrora ressurgiu, enquanto o mistério sobre essa época se mantinha.

- M... muito bem. A 100 passos de ti, nem mais, nem menos. - O júbilo contido do Caçador tornou-se evidente, o movimento forte do peito delatou-o e a luz do coração alumiou outra vez. Não teve tempo de encobrir o rubor com as mãos. Ela fingiu que não viu, preparando-se para a partida.

Despediram-se de Erídano, com as sacolas munidas com o que o eremita julgou ser-lhes útil para a caminhada. Face ao sucedido, Erídano quis que partissem preparados para qualquer eventualidade menos desejável. Mesmo com o declinar dos novos amigos, enternecidos com a generosidade. Quando interrogado sobre os mantimentos que ficavam para ele, alegou que a montanha era em tudo uma magnífica provedora.

Ela abalou com marcha rápida. Ele o oposto, a demorar-se com cada coisa que via, até ela dar um sinal da distância com a qual se sentia confortável. Ao sinal avançou a passo moderado, com desvelo. Sempre que ela parava ele também, observando-a, procurando não ser notado. Certificava-se de que a paragem se devia a uma necessidade, como sede ou para recobrar energia, e que essa necessidade tinha como ser satisfeita. E continuava, sempre impercetível. De quando em quando, ela virava-se para ele. Cabia também a preocupação de saber que ele estava bem.

A dada altura, ela deteve-se. O calor abrasava. Deixou cair a sacola na sombra da árvore mais cerrada. O Caçador também suspendeu a caminhada, seguindo os movimentos dela.

Ignorando a curiosidade dele, a mulher do medalhão procurou um galho caído, desse galho desfez-se do que não necessitava, reservando a estaca talhada para a cravar na terra como ponteiro. A direção da sombra do ponteiro indicou a hora do almoço e, sem demora, começou a limpar o local para uma fogueira. Registando a ideia, o Caçador copiou-lhe os movimentos, sem grande jeito, devo dizer.

Motivado pela ânsia de mostrar saber também sobre as lides da sobrevivência, agia precipitado, privilegiando mais a força do que o conhecimento, acarretando troncos pesados até ao seu acampamento, exibindo-se. Ela, porém, após ter limpado o terreno, colocou pedras em círculo, para depois procurar ramos e folhas. Dispôs os materiais em pirâmide e, num novelo de galhos secos, ateou fogo com a chispa de uma pirite. Segundos depois, uma marmita com aveia fumegava. O Caçador assistiu a tudo com admiração, com a fogueira ainda por acender. Desde então, duas coisas ficaram claras para ele: se havia alguém que precisava de era ele; e, qualquer demonstração máscula supunha um esforço inútil para conquistar alguém como ela. Tal como a via, o seu compromisso com a vida desconhecia as futilidades do homem.

Ao almoço seguiu-se o levantar do acampamento temporário, com o Caçador sempre pendente dela, enquanto fazia o mesmo. Limparam e deixaram tudo como estava.

Retomando o caminho, foi fiel ao acordo dos *100 passos*. Resignado. Não obstante a vontade de vencer a distância entre os dois e revelar por fim o que os silêncios escondiam.

Já nos longos silêncios da jornada, o Caçador procurava abstrair-se do que lhe passava pela cabeça, centrando a atenção no culminar da segunda montanha. Afinal de contas, por ora, o cimo dava a impressão de ser o destino de ambos. E, quem sabe se lá não avistaria a estrela cadente.

A paisagem escarpada, com colunas de pedras sobrepostas a flanquear o trilho entre urzes, contrastava com as cachoeiras que iam descobrindo. Dos rochedos, cada vez mais frequentes no caminho, corria o burburinho da água, que a cada passo atestava a proximidade de uma nascente. O quadro natural tornava a escalada menos custosa. Pelo menos para o Caçador, cujo calçado tivera melhores dias. Ainda assim, mesmo esgotado e com os pés magoados, não recordava ser tão feliz como agora. A distância entre eles, uma mera palavra; o silêncio, um lugar de possibilidades. Era a esperança a que o impelia montanha acima.

O Caçador indagava sobre o que sentiria a mulher do medalhão. Ela subia sem o menor esforço, não olhava para trás, mal reparava na paisagem, que não parava de lhe acenar com exuberância, obsessiva com o seu propósito. Todavia, algo lhe ocupava a razão. A dor talvez. Ou a forma de se livrar dela. Para o Caçador ela tratava de lidar com essa dor, como que punindo-se a si mesma, não se permitindo um sorriso sequer.

A dificuldade chegou quando se depararam com uma área mais densa da floresta, a trepar a encosta. Árvores de ramos entrelaçados a cobrir o céu a obumbrar e emaranhados de líquenes a impedir o caminho. Uma senda mais extrema do que a que deveriam estar a percorrer. Porém, ela prosseguia como se nada. Enquanto o Caçador, fiel à sua promessa, não objetava, seguindo-a, mal dissimulando o cansaço e o facto de estar em desacordo com a escolha da via para o cume da montanha.

Por detrás da vegetação frôndea surgiu uma longa cascata, cujo ritmo era anunciado há algum tempo. A escadaria de sulcos de milhentos rochedos, por onde a água descia apressada, atraíram a atenção dela. A imagem deslumbrava.

Sem hesitar, optou por subir o resto da montanha junto à queda de água. Alguns passos dentro de água, desafiando a corrente. O Caçador quebrou o acordo e advertiu-a do perigo de caminhar em piso tão escorregadio. Ela fitou-o de soslaio, desafiando-o a continuar por ali também. *«É o desvio mais rápido»*, creio que foi o que ela argumentou no ofegar da escalada. Ele percebeu as palavras como uma aproximação e não obedeceu acordo nenhum, estreitando a distância entre os dois, para o caso de ter de a socorrer. Depois, talvez dissesse: *«Eu tinha razão»*.

De súbito, ela parou e quase esbarraram um no outro. O Caçador descobriu o que a fez parar, ainda atarantado com o contacto. Tinham chegado ao ponto mais alto da segunda montanha. Entre enormes penedos lá estava a nascente, um lago cristalino, imenso, onde unicamente o céu testemunhava a maravilha.

Acamparam a escassos metros um do outro, junto ao espelho de água. O Caçador sentou-se logo depois, derrotado pela caminhada do dia. As botas massacradas, revelaram os pés maltratados. O massajar acabou por não proporcionar algum alívio. A mulher apercebeu-se e em silêncio preparou um emplastro verde com uma erva medicinal que colhera no percurso. Levou-o até ele e regressou ao seu acampamento, retomando a postura de aparente indiferença. Ainda que surpreendido, decidiu fingir a mesma postura assim que agradeceu o cuidado.

Após uma refeição rápida, o Caçador abeirou-se da água para lavar os dentes. No reflexo tranquilo do lago assistiu ao surgir da estrela da tarde, como um salpico na água. Depois outra estrela. Outra e outra. Os salpicos estelares sucediam-se à medida que a abóbada celeste escurecia. Na treva, Altair, rutilava em Águia, para chamar a atenção do Caçador que a agarrou entre os dedos para experimentar o pulsar dos astros. Batimentos animosos. Depois, abriu a mão para ver Águia voar. A ave cruzou o céu, espargindo brilho sobre as demais estrelas, que logo ocuparam os postos de vigília.

O Caçador susteve o olhar no céu, enquanto se estendia no restolho dos penhascos, apoiando a cabeça na sacola para sonhar acordado. Ali, sem a luz das povoações, podia contemplar milhares de estrelas e a silhueta esbranquiçada da Via Láctea.

Como sempre, esperou pela sua estrela. Não a viu, mas adormeceu a sonhar com ela.

Pela manhã, abriu os olhos com o grito de uma águia-real a circundar o lago. Estremunhado, alvorou à procura da mulher do medalhão. Não estava no acampamento dela, mas ainda dormia. Acostada ao seu lado.

O PODER EMISSOR DA ATITUDE

Levantaram acampamento, cada um por seu lado. Ela não deu explicações e ele não lhas pediu. Começaram a descida logo depois, ignorando a manifesta aproximação, condizente com a atitude impassível dela.

Com muitas paragens no caminho, chegaram à cidade Cabeleira de Berenice ao entardecer. Seguindo um trilho escolhido pela mulher do medalhão, claro.

De facto, a cidade assemelhava-se a uma cabeleira a descer pela montanha, pedra sobre pedra, com ruas alcantiladas fartas de tradições.

A grandes passadas, ela estava ansiosa por descobrir uma fonte onde se refrescar, e ele, com o mesmo passo, na mesma ânsia.

Claro que, para manter o acordo dos 100 passos, o Caçador tinha de encontrar outra fonte.

Ainda viu como ela se descalçava, já sentada no chafariz da praça principal e seguiu em frente. Ela dissimulou o olhar, vendo para onde ele se dirigia. O Caçador não demorou a encontrar uma fonte mais pequena, noutra artéria da povoação. À distância determinada, diria. Ainda conseguia vê-la.

O Caçador tinha o calçado acalcanhado e rasgões em

vários sítios. E podia dizer o mesmo dos pés! O chão tinha brasas encandecestes quando pousava as plantas dos pés. Descalçar-se foi um suplício, entre o alívio e a dor. Fora graças ao emplastro que conseguira caminhar até à cidade.

Saciou a sede na fonte até sentir-se um balão. Depois olhou para as botas, indeciso. Não tinha outro calçado, mas também não podia calçar aquele. Quase caminhava em peúgas!

O poder de escolha acabou por se impor. Se não tinham serventia o melhor seria conseguir outro par.

Antes de procurar um sapateiro, olhou para a praça. Ela estava a falar com uma mulher sentada na esplanada de um dos albergues do centro. A paragem estava para demorar.

Com as indicações dos vizinhos deu com um sapateiro numa das ruelas mais íngremes que pisara. Com a inclinação da passagem, a porta da pequena fábrica de sapatos era metade dele. Tal como lhe haviam dito a porta era de um verde vivo, com uma aldraba dourada com talhe de bota. Bateu três vezes, rindo-se do toque. Uma sonoridade semelhante à de um tacão a bater no chão.

Esperou mas ninguém respondeu. Examinou o edifício de alto a baixo na esperança de ver alguém assomar à janela. Da esguia fachada empedrada com três postigos a velar, ninguém se fez ver. Rendido, acabou por virar costas. Foi quando o ruído metálico de uma fechadura pesada entoou na rua. O Caçador girou sobre si, esperançoso. A porta abriu devagar e uma figura sobressaiu. Um homem cuja calvície lhe deixara uns poucos cabelos brancos desgrenhados, com fartas sobrancelhas a contrastar nas feições enrugadas.

- Em que posso ajudar? – O sapateiro expressava a mesma gravidade na voz que no olhar encovado.

- Preciso de umas botas... novas – hesitou o Caçador, ao reparar nas pilhas de calçado velho empilhado pela casa, pelo menos, até onde conseguia ver.

- Posso saber para que precisas das botas? Para trabalhar ou para festa?

- Ah... para trabalhar. – Ante as opções disponíveis, escolheu a que achou mais adequada, reservando a verdade, dado o tom inquisitório do sapateiro.

- Lamento, não faço botas para trabalho – devolveu o sapateiro, mal-encarado, fechando a porta com brusquidão. A aldraba saltou com a força.

- Espere! Para festa. São para festa! – O sapateiro entreabriu a porta e estudou o Caçador.

- Também não faço botas para festa. – Desta feita, a porta fechou-se a ferrolho.

O Caçador não recriminou o sapateiro, mas recriminou-se a si mesmo por não ser capaz de expressar o quanto precisava de calçado novo e a importância deste na sua busca.

- Eu quero um par de botas... para continuar a caminhar – proferiu de si para consigo. Aquilo levou-o a refletir. Segundo ele, tornara-se um *fraco*, tanto para os outros como para si. Conquanto, a reflexão, absurda ou não, instigou uma mudança. - Preciso de um novo par de botas para continuar a caminhar – renovou com convicção, preparando-se para uma segunda oportunidade. Com firmeza levou a mão à aldraba, mas a porta abriu-se antes de bater.

- Então, *«um par de botas para continuar a caminhar»*? Faço essas botas. Aliás, não faço outra coisa desde que me conheço - afiançou o sapateiro. - Entra e fecha a porta. Preciso de saber o número que calças – disse de seguida, enquanto o Caçador seguia as orientações do artífice, embasbacado com a reação à mudança de atitude. Confuso também.

- Só faz botas para caminhar?

- Só. – A resposta soou oca, entre montões de botas por todo o lado. Não se podia dizer que o ambiente fosse acolhedor. Sobretudo pelo cheiro desagradável no ar rarefeito.

Poucos passos depois, pelos contornos afunilados da casa, entraram numa sala pouco mais larga que o corredor. Ali, achavam-se máquinas e moldes, panos sujos e materiais impolutos, o lugar onde o odor a tecidos velhos e pintura era mais intenso.

- Tenho aqui o molde ideal para um caminhante perspicaz – comunicou o sapateiro, puxando de uma pilha de cartões dois modelos de pé. - Senta-te aqui. – O cadeirão indicado estava abaulado no assento. Há muito que a esponja cedera e o Caçador sentou-se como pôde sobre uma fina camada de tecido e molas rebeldes.

- Antes devo saber quanto custa um par de botas novo. Para dizer a verdade não disponho de muitas moedas.

- Quanto pensas caminhar? – interpelou o sapateiro, agora com um par de botas nas mãos.

- Não sei... – O sapateiro encorrilhou a cara com desagrado. - Bastante! – acabou por dizer o Caçador. A impaciência do homem começava a surtir efeito na irresolução dele.

- Suponho que a caminhada tenha algum propósito.

- Tem um propósito, sim. Alcançar o cume da quinta montanha. – A resposta soou firme e convenceu o sapateiro. Não de todo, porém.

- Sabia que não tinha nada para ti. Quase conseguiste eludir-me. – E pousou as botas. Uma nuvem de pó levantou-se no ato. - És como todos os que querem alcançar o topo da montanha para depois anunciarem aos quatro ventos que a subiram. Pensam que uma façanha de grande envergadura lhes vai curar as feridas e apagar as cicatrizes dos seus dramas. *Chega ao pico da montanha e todo o sofrimento desaparecerá como que por magia* – troçou o sapateiro. Depois calou-se e abanou a cabeça, forçando o riso, deveras desapontado. - Pega no teu drama e volta para casa!

O desapontamento foi maior para o Caçador. Fora para comprar calçado, não para ser humilhado. E menos para que lhe falassem de maus modos. Aquilo era um convite à retirada. Ao que lhe virou costas. Conhecia o caminho até à porta.

Aquele homem não sabia nada sobre ele. Nem sabia nada sobre a sua vida. Não sabia nada sobre o quão dramática fora ou não. Não sabia nada. Nada. Exato! Julgara-o pela aparência e pelas escassas palavras que lhe dedicara. Antes de sair, tinha de dizer outras palavras. Ressuscitar o antigo espírito.

O arrebatamento deu-lhe fôlego. E voltou para trás.

- A minha vida foi dramática o suficiente para decidir trocar a dor de alma por passos que me levem a uma coisa diferente. Algo que, mesmo não conhecendo, sei que existe. Talvez não seja para mim, mas escolhi encontrar esse algo, essa energia que tudo move. Quero entregar-me a ela e sentir-me parte desse *tudo*, abandonar as tristezas que me pesam. É o que procuro.

O sapateiro tomou o seu tempo para replicar.

- Pensei que te tinha perdido. Estava enganado – proferiu o sapateiro após tão grande declaração de intenções. O Caçador observou calado os movimentos que se seguiram. - Afinal, aquelas botas não são para ti – continuou o sapateiro. - É evidente que vais precisar mais do que um par de botas, mas isso já deves saber. Quanto à parte que me toca... – interrompeu-se, junto a uma caixa carcomida, esquecida num canto da mesa de trabalho. O cadeado da caixa expeliu uma faísca ao abrir e do interior retirou outro par de botas, que estendeu para o Caçador de Estrelas. Estas não eram como as outras, estavam feitas num tecido cor terra, espesso e resistente. A sola era robusta mas, aparentemente, maleável. Deviam de estar reservadas para uma caminhada especial, cogitou o Caçador.

- Se não tinha como pagar as outras, estas menos...

- Estas são oferta da casa. Fi-las para mim. Para um dia. Pouco depois da morte da minha... – a memória embargou-lhe a voz, os olhos húmidos diziam tudo. Disfarçou as lágrimas desviando o olhar. - Tinha planeado fazer a mesma viagem que descreveste, mas faltou-me coragem todas vezes que tentei cruzar aquela porta. O medo sempre me dominou, tornando qualquer sonho impossível. Os anos passaram e fizeram destas quatro paredes o meu caminho.

- Ainda pode fazer a viagem – opinou o Caçador, de repente, entusiasmado com a ideia da sua companhia. - Aprendi nesta viagem que o medo é uma palavra criada por nós para justificar a privação de coragem. Impossível não é nada. A coragem e o engenho do homem acabam sempre por desmascarar os impossíveis.

O sapateiro espraiou um sorriso sincero antes de se manifestar. Gostou de ouvir aquilo, sem gaguejos, com determinação e verdade.

- Não me restam dúvidas de que estas botas estavam à tua espera. Vai! Ignora as palavras de quem nunca teve coragem para sair de uma fábrica de sapatos decrépita. Que a voz do amargado nunca te sirva. A voz a que deves prestar atenção é a da intuição. Mesmo que ela esteja errada. Errar porque seguiste o coração é muito diferente de errar sob a influência de outrem. Nunca temas errar. Esse receio é uma couraça que te fará regressar sempre ao ponto de onde partiste. Acredita em mim. Os meus receios infundados são as quatro paredes desta fábrica. Reconhece as tuas quatro paredes e derruba-as!

O COSMOS DA SABEDORIA

As botas calçavam como se tivessem sido feitas para ele, sentiu-se levitar. Satisfeito com o novo calçado, preparou-se para encarar o caminho e a mulher do medalhão.

Mas antes disso, lá do alto das escadas íngremes da casa do sapateiro chegavam notas musicais, uma melodia familiar, a inundar o vazio com um sopro de ventura. Os instrumentos mais afinados do que nunca. O espírito mais iluminado. Não é possível! Será ele? Quem mais poderia tocar música daquela maneira?

- Ah! Não dês ouvidos! O meu filho está no telhado a preparar-se para a *grande atuação*, diz ele. É uma figura. Vês? Ele tem atitude a mais. O Indi acredita que tudo é possível. – O nome confirmou a suspeita.

- O senhor é o pai do Indi? – O sapateiro anuiu, encolhendo os ombros com um trejeito nos lábios, a esconder orgulho do filho.

- Conheces a peça, é? Vai ter com ele! Assim, podes experimentar as botas a subir os três lances de degraus. – O Caçador aceitou o desafio da escadaria. No final, lá estava o seu amigo Indi. Encontrou-o no telhado mais invulgar que vira, parte telhas, parte chão plano com uma grande lona de retalhos coloridos, arrepanhada aos pés de uma máquina de costura adornada com botas douradas pintadas à mão. A toda a volta, uma grade em ferro forjado com formas de instrumentos musicais. Ao gosto do Indi, claro! O sítio era alto, ideal para observar estrelas de um Telescópio.

O músico volveu-se para o Caçador, mais uma vez, pressentindo o público.

- Oh, não posso crer! Estás aqui? Eu sabia que íamos voltar a encontrar-nos – disse Indi, largando os instrumentos para um abraço saudoso. - Como estás, amigo? Botas novas, hã? Vejo que conheceste o meu pai. Uma figura! – O Caçador riu. Pai e filho pensavam o mesmo um do outro.

- Também sabia que voltaríamos ver-nos, mas nunca pensei que fosse tão cedo. Pensei que um dia estaria entre centenas de pessoas a ver um concerto teu, a dizer: *assisti ao nascimento desta estrela!*

- E verás! Verás, meu amigo! – assegurou o músico, convicto. - Então e, além das botas, o que te trouxe por esta cidade? Pensei que a tua busca não passasse pela civilização.

- Bem, eu não vim sozinho. Tenho a companhia de uma mulher que está a viajar como eu. Verdade seja dita, não sei quem faz companhia a quem – balbuciou o Caçador.

- Como é que surgiu a ideia de se fazerem companhia?

- Eu sugeri... e ela teve a ideia de fazermos o caminho juntos, mas... separados. – Indi esboçou o mesmo trejeito que o pai. Vendo bem, tinham a mesma fisionomia com a diferença da idade. Personalidades díspares, embora com a mesma essência benfeitora.

- Dá para ver que não é como gostarias de caminhar ao lado dela, mas algo é algo. Como costumo dizer: *se um instrumento toca, temos música, mesmo que esteja desafinado.* E os sons estridentes são os melhores. Nunca se sabe a nota que vai soar! – Uma lógica bem ao estilo do Indi. O seu raciocínio tinha sempre uma nota de sabedoria, por bizarro que parecesse.

Os dois sentaram-se a conversar nos assentos improvisados com trapos, onde antes Indi tocava. Viram o Sol findar o dia, afundando-se entre as montanhas, a consentir à noite a sua vez de presenciar a vida naquele canto do mundo.

- Prepara-te. Vais ver como recebemos a escuridão – disse Indi, a expressão era a de um menino prestes a receber um brinquedo. - Olha à tua volta. – O Caçador olhou. Os telhados da cidade inteira alumiaram lamparinas quase em simultâneo. Nas ruas também. O espetáculo de dezenas de pontos luminosos a surgirem no vale escuro, trouxeram outra vida à cidade. A noite amena convidou famílias inteiras a reunirem-se no alto das casas, somando-se às constelações de luzes, criando um pequeno Universo. O aroma a comida não tardou em confundir-se com o odor do pavio queimado das lamparinas.

Em silêncio, contemplou a beleza de contrastes das Cinco Montanhas, que dali se podia vislumbrar. Estendeu os braços ao céu num alongamento profundo de gratidão. Não imaginava que pudesse haver tanta beleza no mundo. E de novo olhou para a mulher do medalhão na esplanada. Sorriu, arroubado. Ainda não podia crer que ela tivesse vindo ter com ele no lago!

Pouco depois, o sapateiro, Áries, soube então, uniu-se à romaria, trazendo uma travessa bem recheada para três. O Caçador não pôde evitar pensar se a mulher do medalhão teria o que comer e tornou a debruçar-se no peitoril de ferro para a procurar. Continuava na esplanada do albergue, a jantar com um grupo de mulheres. Ficou satisfeito de a ver também a jantar em companhia.

- E se abrilhantássemos o serão com o jogo do *«Sábio é aquele que...»* – sugeriu Indi, piscando o olho ao pai. Este meneou o semblante, sabendo a intenção do filho de ludibriar o Caçador.

- Comigo não contes. Eu arrumo a cozinha e vou para a cama. Já joguei muito esse jogo. Até amanhã, rapazes – despediu-se o sapateiro, a equilibrar a louça suja escadas abaixo, contrariando a oferta de ajuda do filho e do convidado.

Noutros telhados, mais famílias se viram reduzidas com a retirada de alguns dos seus membros. A iluminação mantinha-se.

- Como é o jogo? – indagou o Caçador, curioso com o nome, enquanto Indi sacava uma garrafa de álcool do interior de um alçapão.

- Antes de darmos um trago temos de dizer uma frase que comece com «*Sábio é aquele que...*». Começo eu para veres! – Serviu a bebida e alçou o copo. - Sábio é aquele que aprendeu a distinguir entre o que deve reter e o que deve esquecer – iniciou Indi, bem alto. E trago.

- Não costumo beber, mas acho que posso abrir uma exceção. – O Caçador pegou no copo e jogou: - Sábio é aquele que perante o amor... não teme – articulou o Caçador mais alto ainda. Trago e uma careta. - Isto arde! – Indi deu uma gargalhada e os vizinhos mais próximos também.

- A minha vez! Sábio é aquele que escolhe bem os seus pensamentos. – Um longo trago. O Caçador anuiu.

- Grande verdade. Bem sei que os pensamentos criam a realidade.

- Transformam o nosso estado de espírito, caro amigo. Mas continuemos. É a tua vez. Vamos ver se ainda sabes o que dizer.

- A continuar assim, em breve não saberei, não. Já sinto a cabeça dar voltas. – Indi mordeu o lábio para não rir. O plano surtia efeito. Serviu de novo o Caçador, este levantou-se cambaleante e alçou o copo na direção da esplanada, entusiasmado. A mulher recolhia-se com o grupo de mulheres no interior do albergue para passar a noite. Não olhou para ele. O Caçador baixou o copo mas, em seguida, o elevou para as estrelas. - Sábio é aquele que derrota o medo, confrontando-o com o amor. – Trago.

- Sábio é aquele que sabe estar calado! – gritou alguém de um telhado, ao que se seguiram gargalhadas pouco discretas e outros comentários:

- Vai mas é dormir, *ó sábio*! – dizia um.

- Quero ver se amanhã ainda tens a mesma letra! – dizia outro.

- Só se comprar mais uma garrafa de sabedoria –respondeu outro vizinho. A casquinada continuou.

O Caçador pousou o copo na mesa e sentou-se, rindo com tudo aquilo. Percebia estar ébrio. Ou talvez se tivesse esquecido de si mesmo, sentindo o mundo girar sem parar, de mãos dadas com a Lua Cheia, a vogar por entre as estrelas. Indi ria de satisfação com o triunfo. E algum remordimento.

- Devo-te um pedido de desculpas, amigo – começou por dizer. O Caçador fitou-o intrigado. Estavam ambos a divertir-se, porque haveria de pedir desculpas?

- Lembras-te quando me perguntaste como podias viver um sonho que não conseguias ver? – O Caçador disse que sim com a cabeça, um pouco zonzo. - Eu respondi que precisavas de acreditar nele. Acreditar que era possível. Acreditar que já estavas a viver esse sonho. Pois bem, hoje preguei-te uma partida para demonstrar que se acreditares no teu sonho estás a um passo de o conseguir. Vives como se já o tivesses conseguido e é esse sentimento de posse que serve de guia até à realização do sonho. A bebida da garrafa é sumo de limão e muito picante à mistura. Não tem um pingo de álcool. Não estás ébrio, apenas acreditaste. Primeiro no que eu te disse e depois na traiçoeira da mente. – O Caçador caiu para trás com o riso que a confissão do Indi lhe provocou, revendo o falso estado de embriaguez. Nunca rira tanto de si mesmo, percebendo também a leveza que o riso lhe produzia. Tanto que desejou profusamente lembrar-se de rir mais. Ter mais momentos com este.

A MAGNITUDE DA ADVERSIDADE

Mal o Sol se pôs, o Caçador despediu-se dos amigos, de encontro à mulher do medalhão que aguardava, impaciente, à saída da cidade. Pensava que o Caçador já não queria continuar a aventura com ela. O oposto da verdade.

A caminhada continuou montanha abaixo, a menos passos um do outro, mais enérgicos e motivados, e os pés curados. Ao menos os do Caçador.

Mais tarde, o movimento célere das nuvens indicava uma viragem no clima, captou ele, mesmo distraído com a proximidade dela.

- O que foi? – perguntou a mulher, ao pé do Caçador.

- Ah... estava a reparar no céu. O tempo vai mudar.

- Parece que sim – aquiesceu ela, examinando também a atmosfera. - Devemos preparar-nos para descer a montanha até à povoação seguinte, se não queremos ser apanhados pelo aguaceiro que se aproxima. Sei do que falo – sugeriu, aludindo à tempestade que os apanhara desprevenidos junto ao eremita.

- Tens razão...

- Desculpa ter invadido o teu espaço no lago. Durante a noite arrefeceu. Enfim, não quero que penses que mudei de ideia. O acordo mantém-se – aproveitou para esclarecer ela, evitando o olhar do Caçador a custo. Ele, porém, fixava-a, assentindo apenas. Não se via a pedir explicações de nenhuma espécie.

- T... tudo bem. Não há problema – respondeu, com uma ponta de deceção. A despeito de esperar a mesma atitude por parte dela, já dera mostras de caturrice. Com ela, o Caçador retinha somente um resquício de esperança.

Na minha opinião, Leitor, os dois partilham da mesma caturrice.

Sem mais, prepararam-se para a próxima jornada. Desceram apressados pelo lado este da montanha, mantendo o intervalo consentido, rumo à próxima. Mas antes disso, tinham de encontrar um refúgio. O lugar, uma aldeia no vale entre montanhas com cabanas flutuantes, sobre terrenos de cultivo alagados.

O Caçador ouvira falar desta aldeia em criança, numa das fábulas que a avó contava enquanto colhiam os cereais para moer. Na narrativa, um Cisne branco-azulado passeava pelas águas dos terrenos, espalhando sementes brilhantes que traziam felicidade à sua passagem, com o crescimento de um cereal singular. Um cereal único na serra e, em épocas de muito calor, escasso. A avó contava que tinha a forma de uma bola de berlinde, da mesma cor do belo Cisne e era usado na alimentação, esmagado após cozedura. Por ser nutritivo e bastante rentável, há séculos que este povoado perpetuava o cultivo de Deneb.

Cruzaram o umbral da entrada para aldeia, quando os primeiros pingos de chuva começaram a cair. Em questão de minutos, o céu escureceu e, como que de comum acordo, alguns habitantes abandonaram as casas, procurando abrigo na casa mais sólida e resistente da aldeia. Um templo a coroar uma colina solitária. Aí, estariam a salvo se o teto cinzento sobre eles cumprisse o que anunciava. As tempestades eram cada vez mais frequentes e tornara-se hábito o refúgio no templo.

As rajadas de vento forte não tardaram a ameaçar varrer tudo. Logo depois, uma trovoada interminável acelerou a corrida dos habitantes. A tormenta previa-se mais forte. Tanto assim, que outros moradores não hesitaram largar os afazeres para se resguardar, deixando tudo conforme estava.

Os primeiros a chegar ao templo foram as mulheres, as crianças e os idosos. Seguiram-se os homens, que tinham ficado para trás para levar os animais. Alguns empurraram o Caçador e a mulher do medalhão para que os acompanhassem. Quedar-se à intempérie não estava permitido.

Os mais fortes fecharam o portal do edifício, ao mesmo tempo que um relâmpago e um trovão estrepitoso faziam vibrar as paredes e a cobertura que os protegia. Ouviram-se os murmúrios amedrontados dos mais novos, receosos de que nem os abraços dos pais ou aquele abrigo fortificado os protegesse. O resto procurava manter uma aparência tranquila, ainda que no fundo sentissem o mesmo receio.

O medo não era infundado. Todas as vezes que sobreviviam a um temporal, os estragos nas colheitas e nas próprias casas traziam mais pobreza à aldeia. Tardavam meses em recuperar um pouco do que perdiam. Nas primeiras tempestades chegaram mesmo a perder vidas, desconhecendo a força da natureza que os assolava. E mesmo assim, anos passados, nada tinha sido feito para se precaverem das catástrofes. Por falta de recursos, as cabanas continuavam a ser feitas de colmo, com um singelo pilar de madeira a meio, a suportar o telhado. Estruturas demasiado frágeis para uma região tão castigada.

As horas que a tempestade durou, os dois forasteiros tiveram de reduzir os *100 passos* a nada. Estavam os dois colados, sentados entre a multidão que os comprimia um contra o outro.

Em determinada altura, o Caçador levantou-se e ofereceu-se aos aldeões para ajudar no que fosse preciso. Ela ficou sensibilizada ao vê-lo passar mantas e comida a crianças e idosos, incansável, apesar das próprias mazelas, esquecendo-se de si. Comprovou que ele era o homem que ela pensava. Um coração puro. Com isso, uma ideia abordou-a: ele era o homem que deveria ter conhecido há mais tempo, antes de tudo. Depois, teve a certeza do que devia fazer.

A ESTRELA BINÁRIA ECLIPSANTE

A tempestade cessou quando todos dormiam, rendidos ao cansaço, enquanto o Caçador se mantinha alerta para quem necessitasse de ajuda. No instante em que o Sol assomou pelos postigos, foi atraído até ao exterior. Ela seguiu-o. O mau tempo também fora longo para a mulher do medalhão, ainda que de outra forma. Tivera espaço para refletir sobre si e o Caçador. Agora precisava de respirar.

Juntos descobriram quão devastador fora o temporal. As casas e os passadiços tinham desaparecido com a carga de água. Os objetos pessoais dos habitantes encontravam-se espalhados na inundação. E, no coração daquele cenário desolador, as sementes de Deneb cintilavam como diminutos cristais debaixo de água, no tom do Cisne branco-azulado. Em pleno dia, sob o lago de chuva, viram um céu estrelado.

Com a água pelos joelhos, o Caçador começou a recolher os objetos mais pequenos e a dispô-los sobre a escadaria do templo, antes que a corrente os levasse para longe. A mulher observou-o, admirando-o, imóvel. Até que não conteve o que lhe ia na alma. Aproximando-se...

- Vou-me embora e, desta vez, não quero que venhas comigo. Por favor – murmurou, com o coração em pedaços. O dele quase parou, o que sustinha entre mãos devolveu à água.

- Porquê? – teve a coragem de interpelar, entre a confusão e a punhalada no peito.

- Não sei o que vês em mim, mas garanto-te que não sou a pessoa que vês. – O Caçador meneou a cabeça com o raciocínio dela. Antes que ele começasse a falar, ela continuou: - Tu és um homem bom, humilde, atento com todos, estás sempre disposto a ajudar, a ouvir, a aprender. Não tens maldade. És a melhor pessoa que conheci e eu... não mereço que alguém como tu me queira conhecer. Alguém como tu não merece conhecer uma mulher que depois de perder o marido... – abriu o medalhão, mostrando o retrato do defunto. -...não soube sobreviver ao destino e enveredou pelo pior caminho. Um caminho de luxúria, onde o meu corpo não era meu, era... – as lágrimas escorreram-lhe pelas faces, a voz a afrouxar. - ...era de quem pagasse...

- Para! – cortou o Caçador, atormentado com a confissão. Repetiu as palavras dela, de encontro à realidade, procurando o caminho que os devolvesse ao lugar antes da tempestade. - Todos temos uma história...

- Vês? – interpelou ela. - Estás sempre a tentar encontrar bondade onde não há. Por favor, não faças isso comigo. Por muito que argumentes eu não serei diferente. Sou a mulher que te descrevi, um monstro! Não há mais. Esta viagem é o melhor de mim. O resto não vale nada. Prefiro que recordes a mulher que partilhou contigo uma parte da tua viagem. Fica com isso.

- Tu... tu não és um *monstro*. E eu... também não sou a pessoa que vês – balbuciou o Caçador. - Nem sempre fui assim, um fraco. Eu tinha tudo para ser feliz e tudo perdi... pelo carácter impetuoso que tinha com todos os que me rodeavam. Família, amigos. O meu desafortunado temperamento afastou todos de mim, porque reagia sempre mal, cada vez que me deparava com um problema. Culpava-os... ou descarregava sobre eles toda a frustração com discursos ofensivos. Magoei... magoei muitas vezes quem mais amava. – A própria confissão fendeu mais a chaga. O Caçador baixou a cabeça, não podia encarar a mulher do medalhão. - Todos temos uma bagagem infeliz.

- Mas soubeste como apagar essa parte de ti. E não és nenhum *fraco*! Só não és o mesmo.

- Sim, mas a que preço? N... não foi o meu carácter que me mudou, foi a profunda solidão em que me vi com o passar dos anos. Quando já não tinha ninguém com quem partilhar e nada que partilhar, s... sendo um energúmeno.

- Sei o que é o vazio da solidão – principiou, trémula. - Eu não permiti que nada nem ninguém ocupasse esse *vazio*. Cedi ao álcool e depois a tudo. E... um dia acordei revoltada comigo, por não ter tido a valentia de continuar a vida sozinha e, em vez disso, ter seguido o caminho mais fácil. Mas também o mais infeliz. – O Caçador ouvia-a, procurando, incansável, o caminho de volta. - Podes não me ver como um *monstro*, mas quando chegares à última montanha, quando a tua busca terminar, verás que somos muito diferentes.

- Nem sabes o que procuro, como podes afiançar que s... somos diferentes? – argumentou o Caçador, irrefletido, perdendo o rumo com ela. A mulher olhou-o, vacilante.

- Se pensas ser relevante, diz-me: o que procuras?

- Além querer livrar-me do desassossego, procuro... procuro avistar uma estrela cadente e pedir um desejo. – Ao ouvi-lo, ela não escondeu o respeito e afeição que lhe professava. Tardou em falar. Em vencer a luta contra o coração.

- Eu não tenho a tua coragem. O meu caminho acaba aqui.

- Por favor...

- Não. Não quero continuar um caminho que te irá magoar.

- O q... que posso fazer para te demover?

- Já fizeste tudo. Mais do que possas imaginar. Resta-me agradecer o teu olhar. Sempre terno. Nunca ninguém me olhou assim. Nem ele - disse, pegando no medalhão. - Boa sorte – despediu-se com a voz num fio. O Caçador quedou siderado no colorido derramado na água. As cores dela desvaneceram com os chuviscos que começaram a cair. A sua figura tingiu-se de cinza na paisagem colorida.

Tinha de a deixar ir.

O grasnar de um Corvo pousado na vedação do templo acrescentou ruído ao que já havia na cabeça do Caçador de Estrelas.

Uma frase, porém, resistia, soando cada vez mais longe à medida que ela se distanciava: *«Se o nosso destino for o mesmo, iremos encontrar-nos de novo»*. Até que deixou de a ouvir.

Tudo mudara. Talvez não houvesse mais nada para saber sobre ela, como dissera.

Na tentativa desesperada de preencher ao menos a recordação, o Caçador conseguiu parar os passos da mulher:

- Posso ao menos saber o teu nome? – gritou, sem esperança de que ela se voltasse para responder. No entanto, a mulher respondeu...

- Estrela.

O BRILHO ABSOLUTO DA COMPAIXÃO

Acreditara com fervor que a relação com Estrela, por estranha que fosse, seria o princípio de algo muito mais importante do que o caminho mirabolante que idealizara até à paz de espírito. Chegou a esquecer o propósito de encontrar uma estrela cadente, tendo somente como guia o propósito dela. Desejava vê-la abandonar o ar triste que a envolvia e descobrir-lhe um sorriso, mesmo que depois os caminhos de ambos se voltassem a distanciar. O *sorriso* seria o indício de que ela encontrara a paz que procurava, que a sua luz interior volvia a luzir e, oxalá, não mais se extinguisse. Mas tudo isso ruiu com a história de Estrela.

O Caçador sentia-se atraiçoado, não por Estrela, mas por sentimentos encontrados, difíceis de ignorar. Momentos houveram em que chegara a pensar que o que nutria por ela era real e recíproco. Quando próximos, por vezes, fantasiara uma vida juntos até. Mesmo conhecendo o lado sombrio de Estrela, continuava a gostar dela. O que o deixava confuso, vencido, sobretudo quando as palavras dela tornavam a soar impiedosas na sua cabeça.

Porventura teria razão, talvez não merecesse alguém como ele. Neste ponto de egolatria, atendendo apenas ao percurso de vida de Estrela, a confusão atingia proporções dolorosas. Estrela escolhera um caminho que o Caçador jamais seguiria.

Via-a como uma estranha a quem nunca prestaria atenção se a voltasse a conhecer. *«Não temos nada em comum»*, repetia para si, obsessivo. Logo depois: *«Como pôde Estrela deixar-se absorver por um caminho obscuro?»*. A resposta doía. Recriar tudo o que Estrela contara sufocava. Já a sua partida, anulava-o. E, por momentos, sentia-se revoltado, quando todos os sentimentos brotavam em catadupa.

O facto é que nenhum desses sentimentos lhe restituía forças. Depois de a ver desaparecer na paisagem pós-tempestade, achou que não avançara nada na jornada. Contudo, ver as expressões desoladas dos habitantes da vila, ver o que restava das suas casas, da história de cada um, bastou para abandonar a sua realidade e unir-se à realidade das famílias que tinham perdido tudo.

Permaneceu no povoado até garantir o mínimo de condições aos habitantes. Incansável, ajudou quem precisava até ver os sorrisos regressarem aos rostos de todos. A vila não voltou a ser a mesma, escasseava tudo e as colheitas ainda tardariam em dar rendimento. Todavia, aquele era o início de uma nova vida para todos. Incluindo a do Caçador de Estrelas.

Ainda havia muito por fazer mas, restabelecida a normalidade daquelas pessoas, viu o caminho com outros olhos, menos centrado em si mesmo, mais consciente do mundo.

Por certo, não esqueceria Estrela, mas tudo o que a tempestade destruíra ficara suplantado por uma dor maior que a sua própria.

Na última noite na aldeia, pensou ver a constelação de Camaleão no firmamento, asterismo difícil de encontrar, sobretudo naquela localização. O raciocínio do Caçador transitou do nome da constelação para o seu homónimo animal. O camaleão tem a admirável capacidade de se adaptar ao meio envolvente, às circunstâncias que vão surgindo ao acaso, sem controlo.

Não conseguimos controlar o que de mal nos acontece, embora consigamos controlar a vontade de vencer o que de mal nos acontece. A escuridão tem destas coisas. A luz mais ténue que aparece nas horas sombrias vê-se melhor, por *difícil de encontrar* que seja. Porque a visão precisa de se afazer às trevas. E adapta-se. E, com o tempo, encontra um caminho.

Pena que o Caçador de Estrelas ainda se vá deparar com mais escuridão até o encontrar.

O DESVIO NA ÓRBITA

Tal era a languidez a cada passada, que chegou à cidade de Querena já de noite. Com efeito, há horas que as estrelas testemunhavam com preocupação o rumo desordenado do Caçador. O caminhar denotava o cansaço acumulado. A ajuda que providenciara na vila prolongara-se durante dias de duro trabalho. Poucas haviam sido as oportunidades de repouso. O corpo ressentia-se e a mente também. Tanto assim, que não sabia com certeza se aquela cidade estava no trajeto que pretendia percorrer até à quinta montanha. Nem sabia que já se encontrava na base da terceira montanha. Caminhara apenas, sempre com o entendimento disperso entre a sua particular busca, os lavradores da localidade inundada e Estrela.

Mesmo àquela hora, a cidade pulsava de vida. A noite não inibia os moradores de delongar o ritmo diurno. Pelas ruas despertas e sinuosas procurou um albergue onde passar a noite, reparando no comportamento dos viandantes. Deu-se conta que as pessoas que circulavam agitavam a cidade com uma alegria desordeira e havia quem aparentasse pravidade na atitude. Homens e mulheres que lhe recordaram também o passado de Estrela, despertando uma curiosidade inusitada em si. Nunca se comportara da mesma forma que estas pessoas. Nem tampouco se sentira alguma vez tentado a experimentar o mesmo tipo de evasões. De um momento para o outro, a ignorância, um pouco de ingenuidade e a história de Estrela acabaram por desatar o desejo de experimentar algo novo. Conhecer mais Estrela, como antes sonhava. Entendê-la.

Sem medir os passos que dava nesse sentido, seguiu um grupo de homens que sacudiam as ruas, desafinando canções, soltando vitupérios a quem os mandava calar. Intuiu que caminhavam para algum lugar, para onde todos convergiam nalgum ponto da noite.

Pouco depois, estavam diante de uma casa de onde emanavam vozes e música, odores embriagantes e cores vivazes. Bateram à porta e, de seguida, alguém abriu. Entraram uns atrás dos outros, mais silenciosos, mas apressados. O Caçador ficou para último, indeciso.

- Eh! Vais entrar ou não? – perguntou o brutamontes que segurava a porta. Antes de se decidir, o Caçador olhou para o céu, avaliando a opinião dos astros. Devia ou não entrar? O silêncio da abóbada celeste ainda guardava a sabedoria que ele procurava, a sua ventura. Foi tudo quanto apurou. Não obtendo outra resposta entrou, sugado pela atmosfera sedutora do interior. Já dentro daquela casa, uma estrela raiou o céu noturno. Continha a sentença dos astros num sussurro efémero: *«Esse não é o teu caminho».*

Na ampla divisão que precedia a entrada, os anéis de fumo denso, expelidos por mulheres quase despidas, envolveram-no numa nuvem de alucinação. E calor. Desapertou a camisa e caminhou permeio do aglomerado de homens e mulheres que se divertiam, num crescendo de gargalhadas, álcool, música, mais fumo e demasiada escuridão para os sentidos do Caçador, noutra busca...

- Será que ela está aqui? – indagou em voz alta, mareado. Alguns fitaram-no, rindo da figura. O Caçador retribuiu o riso feito tonto. E continuou a procurar. Uma figura curvilínea sucedia-o, qual víbora, seguindo de perto a presa. Aos poucos, o serpentear foi percetível ao Caçador que, em vez de esquivar o perigo que se acercava, enfrentou a predadora. A sensualidade da mulher, apenas coberta por um lenço de seda com traçado de Serpente, fê-lo estremecer. Não era Estrela, ainda assim, conseguia ver os contornos delicados do rosto dela nas feições da mulher que o seduzia, astuciosa, sabedora do poder de suas armas.

Depressa se viu encurralado, as mãos dela percorreram-lhe o corpo dominado pelo deslumbramento, sem trégua. A música e a vozearia ouviam-se distantes na embriaguez. Ela segredou palavras ao ouvido do Caçador, quase a perder o uso da razão. Os corpos aproximaram-se do caos com o roçar dos lábios escarlate dela. O toque despertou-o do êxtase no ato, afastando a cara, hesitando. Certificando-se que a presa lhe resistia, ela tomou o cigarro de alguém, soltando depois o fumo sobre o rosto da presa, como um veneno incapacitante. A víbora conseguiu o propósito com o Caçador de novo nos seus braços. Desta vez, o delírio trouxe-lhe imagens de si no caminho outra vez, no pico de outra montanha a tocar o brilho das estrelas e, de súbito, viu-se a voar sobre a floresta do Grande Felino. Foi quando a vertigem o despertou de vez.

Afastou-se da mulher e correu desalmado pela sala, passou pela cozinha e pela arrecadação, detendo-se nas traseiras da casa. Respirou ar puro até deixar de se sentir zonzo. E fitou o céu. As estrelas estavam encobertas por nuvens escuras, como o interior daquela casa.

Ciente de tudo, perguntou-se como teria acabado se se tivesse deixado corromper? A resposta estava ali mesmo. Nas traseiras pestilentas, jazia um homem no chão em convulsões, ao seu lado encontrava-se outro com a roupa suja de vómito a amparar o amigo. Mais à frente, outros dois homens debatiam-se com os punhos, desabando no chão esmurrados em sangue, sem sentidos. No caminho posterior daquela casa, viu ainda como um mal-intencionado roubava outro acostado ao muro, ébrio tal como os demais. Por último, deparou-se com um homem inconsciente, estendido na vala de escoamento em roupa interior entre vidros partidos, dejetos e indignidade.

Aquele não era o seu caminho e, definitivamente, não deveria ser o de ninguém.

O LIMITE ESTACIONÁRIO DO PENSAMENTO

Na manhã seguinte, caminhou o dia inteiro. No fim, as pernas, dois troncos pesados, tolhiam o passo bambo do Caçador. Os receios de uma vida pesavam, mas a amargura dos últimos sucessos esmagavam-no.

Às recentes contrariedades uniam-se vivências passadas, tão distantes, contrárias, mas enraizadas. O breve conforto do regaço da mãe e o derradeiro suspiro com um sorriso meigo no rosto pálido; o apoio constante do pai e o repentino adeus com o toque frio da pele inerte. Duas passagens impossíveis de esquecer. Duas histórias às que se sucederam outras enquanto bordejava a encosta.

Quantas vezes sobrevivera ao desespero? Quantas vezes fora feliz com o pouco que salvara de uma colheita inteira fustigada pelos revezes da natureza? Quantas vezes perdera tudo a mãos de miseráveis impunes sem alma, e as vezes que alçou os braços para começar tudo outra vez? Nunca soube de onde provinha a força que o impulsionava a continuar, mesmo algemado à depressão que padecia, que não sumira na altura e que, hoje, abandonara a esperança de a ver desaparecer da sua vida.

Desorientado, entre as recordações, não seguia trilho nenhum. Subia a montanha como que alheado do mundo real.

E quanto mais pensava em tudo o que o trouxera até este ponto, um sentimento antigo aflorava: ira. O que lhe outorgou força, adquirindo novas proporções com os rostos dos que se tinham aproveitado da vulnerabilidade, dos que riram e dos que o caluniaram sem piedade. Numa planície, aligeirou o passo através da vegetação que orlava a floresta de onde esses rostos assomavam à sua passagem. As expressões disformes escarneciam dele. Quase podia ouvi-los dizer: *«Olha para ti! Foi para isto que saíste de casa, para embarcar numa viagem absurda? De que é que te serviu?»*. As perguntas deram lugar a uma corrida desenfreada. *«Continuas a mesma criatura patética de sempre, com o mesmo ar triste, afeiçoado ao mesmo estado. Já é tempo de superares tanta parvoíce, ó triste do moinho!»*.

- Eu... não... sou... o *triste do moinho*! – gritou, enfurecido e acelerou em corrida. Não sentia as pernas, os pés. Voava. A vegetação punia o comportamento, mas nem as vergastadas sentia. Para ele a vegetação era uma mancha verde, testemunha de um homem no limite.

Sem dar conta disso, corria na margem do coração das Cinco Montanhas, a floresta na que tanto temia desembocar. A fúria encerrava inconsciência e na inconsciência o perigo espreitava. Tão-só a aparição do Grande Felino poderia parar o desvario da correria.

Os rostos do passado iam surgindo, avultando pavorosos, como fantasmas. Ainda causavam dor. Parte da mente guardara-os, perniciosa ou sabedora, para lhos recordar chegado o auge da sublevação.

Entretanto, a corrida levava-o para longe do trilho, longe de si. Não tardou a emergir do arvoredo com um ponto preso no olhar. O pôr-do-sol capturara-o. E depressa chegou ao limiar, um precipício que quase lhe arrebata a vida. O reflexo da sobrevivência travou-lhe os pés a tempo de não se perder na arriba. Balançou dos calcanhares para a extremidade das botas, ponderando ceder como no princípio antes da aparecer a Fénix.

Foi o rememorar das experiências vividas na viagem que

o aproximou do equilíbrio, no tempo que parte de si se lançou no vazio, qual espectro a separar-se de um corpo inerte. A fúria alojada estatelou-se no fundo do barranco. O Caçador pregou os olhos no chão distante a vê-la cair e as ondas a chocar contra as rochas para depois a levar. Por fim, recuou. Arfava. Além do susto, deu-se conta de que não se reconhecia naquele arrebate, cônscio de que aquele não era o caminho que procurava. Essa interpretação do abismo supôs um final e um ponto de partida melhor.

Fixou o primeiro astro a surgir no céu, Mercúrio, o sacrificado do Sol pela cercania entre os dois. O pobre suporta os efeitos impetuosos do Astro-Rei, que aceleram a sua translação, a mais rápida de todos os planetas. As marcas na superfície refletem o impacto nefasto de meteoritos, porém prossegue imutável na sua órbita. Possui características distintas aos demais corpos celestes, sem luz própria, ainda assim é afim a todos, sujeito a tudo o que o Universo lhe reserva.

O Caçador não consegue apagar a tensão emocional vivida, as marcas que o distinguem dos demais. Todavia, conhecedor da sua individualidade, comparou-se com o ocaso. No romper de cada dia, reclama sempre o mesmo direito de todos a ser feliz.

A APARIÇÃO DO COMETA RESPOSTA

Sob outra perspetiva, caminhou até ao limite da selva para retomar o trilho na terceira montanha. Para isso, teve de se aventurar pelo matagal que até agora passara despercebido. Antes de adejar para além da vista, do ramo onde se empoleirava, um Tucano advertiu-o com um grito que o sobressaltou. O temor apoderou-se do Caçador, colocando-o em estado de alerta. Inevitável. Estava no território mais temido e que não tencionava conhecer. Tratava-se da morada do Grande Felino, onde este podia aparecer de imprevisto e acabar com o Caçador de Estrelas num abrir e fechar de olhos. Isto se antes não sucumbisse ao espavento que lhe causaria defrontar o seu maior medo.

Com cautela e no silêncio que cabia, cada movimento era coordenado com olhar atento a tudo cerca dele.

Um caminho estreito, abandonado entre mato cerrado, distraiu-o. A que lugar daria aquele caminho? Olhou para todos os lados, decidindo se o percorrer ou não. O apelo inusitado do trilho acabou por vencer e deu consigo a afastar a vegetação à medida que se submergia na selva. A inquietude sobrepunha-se à curiosidade, de quando em quando, recordando-lhe todos os temores. *«Não tens nada a perder»*, repetia a si mesmo, prosseguindo.

O calor sufocante fê-lo desfazer-se de parte da roupa, largando-a pelo trecho, quedando-se em tronco nu. Mais à frente foi a vez do calçado. As botas arremessadas ficaram para trás sem remorso. Indi ou o sapateiro não estavam ali para o admoestar, cada um ao seu estilo. Em exclusivo, ele era o responsável pelas consequências destes passos. E os passos, para bem ou para mal, haviam-no trazido até àquele trilho que tanta estranheza despertava.

O caminho terminava com uma grande fenda no emaranhado da vegetação para uma clareira de pedra. Largou a sacola no chão do umbral de raízes salientes e ramos impossíveis, e caminhou até ao centro da clareira. O suor escorria a jorros pelo corpo, esgotando-lhe a pouca força que restava. Física e anímica.

Por entre o véu de lianas que caíam na clareira, divisou à sua frente uma figura gigantesca, centrada numa espécie de Altar. Sentindo-se atraído pelo magnetismo que a escultura emanava, arrastou-se até lá.

As raízes salientes das árvores estendiam o carácter rebelde e carnoso sobre os rochedos musgosos, que contornavam todo o espaço. Ainda assim, a figura destacava-se com imponência por entre a natureza. Um rosto longo e estreito esculpido na pedra. Um rosto compassivo de olhar presente e tranquilo, cujas feições suaves transmitiam delicadeza e, em simultâneo, robustez na resistência ao inevitável decorrer do tempo.

O olhar rochoso, sempre fixo ao do Caçador, acolheu-o. E com o recebimento indulgente, ele desabou no chão de joelhos ante a figura inerte.

- Sei quem és. Ou penso saber. Talvez tu possas ajudar-me. Não sei o que fazer a partir daqui. O caminho tem sido revelador mas também confuso – dirigiu-se-lhe o Caçador. Sentia que ali, à figura, podia falar. Ou que era hora de ser franco consigo e exteriorizar todo o pesar e confusão. Ou talvez fosse tarde para o fazer, pensou por último. Já eu penso que nunca é tarde para abrir o coração.

- *«Vamos lá, Caçador de Estrelas, liberta-te»*, quase podia ouvir aquele rosto de pedra falar-lhe.

- Nem sei... por onde começar – começou num gaguejo, deixando aflorar os sinais de desesperança, a alma a dar de si, inclinando o tronco para a imagem com mesura.

- *«É simples. O que sentes?»*

- Sinto como se alguém me tivesse confiado um fardo pesado para eu carregar. E sinto que não aguento mais carregá-lo – e assim, quase de chofre, o Caçador acabou por confessar o que experimentava. A voz era um fio que mal se conseguia ouvir. As lágrimas, essas, o orgulho represava-as com firmeza. Oh, orgulho vão, quantas penas acarretas sempre contigo? E para quê? Mas, o Leitor queira perdoar esta minha intromissão na narrativa. Continuemos...

A imagem não demorou em manifestar-se nele:

- *«Eu não vejo nenhum fardo por aqui. Sabes onde está esse fardo de que falas?»* – A pergunta com graça surpreendeu o Caçador como uma pancada certeira no espírito. Endireitando-se, procurou as palavras adequadas em alternativa àquele modo particular de encarar o desafogo.

- É uma metáfora ao que sinto neste momento – explicou.

- *«Temo não saber muito de metáforas. Mas irei saber.»* - O Caçador abanou a cabeça com tão singular compromisso.

- Do que é que eu estava à espera? Estou a falar com uma figura privada de vida – censurou-se, por completo desarmado, acomodando-se melhor no solo húmido. - Quem quer que sejas, fica a saber que só queria que me enviasses uma resposta a... como devo viver, afinal! Só uma resposta – acrescentou depois, assestando as mãos frouxas para si mesmo, mais desanimado do que antes. Todavia, com algo de paz no interior. Serenado, diria.

Ficou no silêncio da estátua, aguardando uma resposta logo que esta se inteirasse sobre as *metáforas* e, pouco depois, acabou por fechar os olhos. Aos poucos, os pensamentos foram apartando-se. Liberto das conjeturas maçadoras e do calor, manteve-se num estado de alerta, a ouvir os sons da floresta alternados e dispersos, e, em simultâneo, com a mente sumida num espaço tranquilo, quase inabalável. Aqui, ficou algum tempo, não saberia precisar quanto, mas posso dizer que a noite estava mais perto. Creio que o Caçador nunca permaneceu período tão longo com a mente silenciada. Absorto na meditação, ainda ouviu a figura de pedra dizer:

- *«As pessoas esperam que eu responda no momento, mas nem sempre sou capaz de oferecer logo uma resposta. Ás vezes, tardo em responder. Outras vezes, respondo e não me compreendem. Neste caso, espero responder à altura das tuas expectativas, com ou sem metáforas. O tempo é meu cúmplice no acometimento.»*

Foi um estalido nos arbustos atrás de si o que o fez despertar do estado contemplativo. Em seguida, outro estalido. E outro estalejar, como que de passos astutos sobre os ramos quebradiços do chão. Alarmado, levantou-se de um salto, inspecionando a vegetação arrabalde. À primeira vista, nada entreviu cercado de tanto verde, mesmo podendo pressentir uma criatura por detrás da opacidade das plantas. Na expressão do medo, a sombra do Grande Felino era palpável. *«Não devia ter entrado na selva»*, discorreu o Caçador, mortificando-se, como o habitual nele, pelo ato imprudente de se aventurar pelas sinuosidades do medo.

- Pedi uma resposta, não a aproximação do fim! – soltou em voz alta, a modo de derradeiro suspiro.

Sem dúvida, o animal estaria a observá-lo camuflado na natureza conivente, atento a qualquer reação da presa, caso esta lhe tentasse escapar. Uma ideia que perpassou a imaginação do Caçador quando as pisadas por cima dos galhos se tornaram mais convincentes. O medo, esse muro difícil de derribar, paralisou-o, numa tremura imparável de pânico.

O monstro acercava-se e ele sem saber como reagir.

As quatro patas acabaram por atravessar a barreira que os separava, posicionando-os num frente a frente inesperado, a escassos metros um do outro. Por esta altura, o Caçador dava um refolgo à comoção de se ver ante um perigo que lhe podia ter sido fatal. A aparência da criatura não era a que esperava. Ditosamente! Tratava-se de um cão escanzelado, não muito grande, não muito pequeno, de pelo fulvo revolto e olhos meigos, castanhos, afins aos do Caçador.

A cadelinha olhava para ele necessitada de tudo mas com jeito amigável. *«Abandonada, que crueldade»*, depreendeu o Caçador que, avivado pela ternura, procurou a sacola para lhe oferecer os alimentos secos de que dispunha. Receoso, o pequeno animal chegou-se a ele e, de pronto, esquecendo-se do acanho prévio, apanhou num rápido a comida.

- Tu és a *resposta* enviada, hem? De certo, tens muito para me ensinar. Espero estar à altura dos teus ensinamentos – disse o Caçador, enquanto deixava que o animal petiscasse da sacola. - Já sei como te posso chamar. Sim, porque não vou deixar-te aqui, sozinha. Se quiseres podes fazer-me companhia. Por ora, saboreia o pitéu, Resposta.

A TEORIA DE ACUMULAÇÃO DE PALAVRAS

Ao cair a noite, o frio agastava a atmosfera a meio da montanha. Distraído com a Resposta, o Caçador prolongara a caminhada sem procurar um abrigo antes do anoitecer.

Dormir entre árvores ou agachado num rochedo, pegado ao calor de brasas a esmorecer, tornara-se impossível com o cair da neve. Mas continuou a trilhar na escuridão. Pelo menos o movimento enganaria o frio e teriam as estrelas como companhia.

As poucas estrelas que se viam certificavam-se de que não tropeçassem, iluminando cada obstáculo como diminutos focos, antecipando cada passada do protegido e companhia.

Os olhos da noite indagavam o que faria um homem com um cão a vaguear pela floresta àquela hora, debaixo de tão densa nevada. A Resposta adivinhava-os pelo cheiro. O Caçador pressentia-os, sem os chegar a ver. Tão-só o vislumbre de olhos brilhantes que espreitavam dos seus postos. Alguns advertiam os mais despistados entre murmúrios semelhantes a lamentos.

De vez em quando, o movimento de nuvens desconexas enublava estrelas e o caminho. O Caçador baixava o olhar para o chão para assegurar cada pisada sua e da cadelinha.

Na atrapalhação lembrou-se do moinho, da vida que deixara atrás. Por vezes, achava-se tão longe de casa como de si quando partira. Nessora centrava-se nos sentidos. Mais do que nunca, precisava de reencaminhar a atenção, pois caminhava no escuro, na montanha, apenas com a parca iluminação dos astros.

Em determinada altura, foram os cheiros os que lhe prenderam a atenção. Os odores da floresta misturavam-se com outros odores, madeira a queimar e um preparado aromático. A mistura chegava ao Caçador como um rasto de fumo a ondular entre o arvoredo. A Resposta farejava no vazio, agradando-lhe o cheiro. Sem pensar, ambos seguiram a pista que lhes prometia encontrar o que mais desejavam nesta ocasião. Aquela emanação havia de dar a uma casa e nessa casa haveria alguém que os deixaria aquecerem-se junto à lareira ou que lhes ofereceria um prato com o tal preparado, um guisado se calhar. Com efeito, qualquer uma das conjeturas serviria para aconchegar na noite fria.

Não houve dificuldade em dar com a proveniência do vestígio de fumo, tratava-se de uma cabana de madeira pouco iluminada mas de onde emanava calor.

Chegar à beira daquelas quatro paredes com vida deram às baforadas geladas novo alento. Não obstante o movimento constante da caminhada, o Caçador estava ingerido de frio. Pegou na Resposta ao colo e espreitou por uma das janelas antes de bater à porta. Descobriu uma mesa posta, velas dispersas a iluminar a sala, a lareira ateada, mas ninguém. Dominado pela baixa temperatura, arrimou o ombro ao umbral da porta, onde a sensação de calidez era maior. Esperariam ali mesmo por quem se tivesse ausentado. Tudo indicava que a espera não seria longa. E não foi. Um homem pouco mais velho que o Caçador, de pequena estatura, emaçado em camadas de roupa, surgiu de dentro, deparando-se com o Caçador na entrada de sua casa.

- P... Por favor, não se assuste. E... Estou a percorrer as Cinco Montanhas... não dei com um abrigo antes do anoitecer... também não esperava este frio... – explicou-se o Caçador com dificuldade, tolhido.

- Ó homem, olhe para si, esfomeado e a bater o dente dessa

maneira, com um animal escanifrado junto ao peito! Como é que eu podia assustar-me? Ajude-me a levar uns toros para casa e venha *abricer-se!* – recebeu-o o dono da cabana, pasmando o Caçador: *abricer-se?*

    - Desculpe, como disse?

    - Ah, *abricer-se?* É abrigar-se e aquecer-se numa palavra. É gíria da família. Prepare-se, em casa tenho mais cinco a articular palavras estranhas. Depressa averiguará o significado.

    O Caçador pousou a Resposta no chão e, apressados, cada um recolheu duas braçadas de troncos do pequeno anexo contíguo, para de seguida se acolherem na quentura da cabana.

    - O meu nome é Plutão – apresentou-se o anfitrião, largando a lenha no cesto ao lado da chaminé de pedra larga e tosca. O Caçador reproduziu a cena e estendeu-lhe a mão, apresentando-se.

    Ao jantar, o Caçador conheceu os restantes membros da família: Caronte, a mulher de Plutão; Hidra, a filha mais velha de ambos; Nix, a segunda filha; Cérbero, o único rapaz; e Estigia, a benjamim. Com idades diferentes, entre os catorze e os quatro anos, era evidente o vínculo entre irmãos, unidos pelos mesmos valores inculcados pelo saber dos pais. Da mesma forma, observou a profunda conexão entre Caronte e Plutão, sempre atentos um com o outro, unidos pela admiração mútua que nutriam. Observando-os, a imagem sequestrou o Caçador para Estrela. Imaginou-se com ela também, à mesa em família. Viu-se livre dessa ideia quando desejou que ela estivesse feliz onde quer que estivesse.

    A seguir à refeição, juntaram-se todos à lareira, para *confranar, confraternizar* na sala de *estar* segundo eles, onde travaram um diálogo aprazível, quase sempre conduzido pela curiosidade de Plutão em saber mais sobre a viagem do convidado. Os pequenos, de volta da Resposta, escutavam cada passagem, atentos. Hidra e Nix estavam intrigadas com o mal-estar que impelira um homem a aventurar-se sozinho por tais peripécias. Caronte respondia às dúvidas espontâneas de

Estigia, esclarecendo com palavras da gíria familiar. Já Cérbero demandava detalhes do relato, dado que para o pequeno as aventuras ou desventuras do Caçador comparavam-se às páginas dos livros que lia. Entusiasmado, imaginava cada personagem e cenário nas sombras da parede nas costas do narrador, produzidas pelo contraste entre a escuridão e a luz do fogo. De quando em quando, a madeira a arder estalava e as faúlhas criavam estrelas pequeninas nos contornos das façanhas do Caçador.

Mais tarde, ensonados, os mais novos despediram-se com um *ténhã, até amanhã* em coro, ao retirarem-se na companhia da mãe.

A cadelinha adormecera aos pés do Caçador, confortável que estava.

Depois, Plutão falou sobre si. Contou que era guarda-florestal e Caronte professora; que, desde o princípio da união, ambos tinham decidido viver em comunhão com a natureza e assim criar os filhos, na casa que os dois construíram na floresta, naquela colina da montanha.

Entrado o serão, a curiosidade voltou. O Caçador reservara para si algumas passagens, bem como a busca de uma estrela cadente, e quiçá o anfitrião quisesse aprofundar.

- Como se sente depois de tudo o que já vivenciou na viagem? – principiou Plutão, servindo ao Caçador uma Taça com uma infusão por demais reconfortante. Tão oportuna como a conversa que se seguiu. - A leitura que faço das experiências que descreveu é que são ensinamentos inestimáveis. Eu próprio, que demorei anos a aprender alguns, reconheço que transformaram a minha vida no melhor sentido possível. Por isso, diga-me – insistiu Plutão -, como se sente? Estou convencido de que superou algumas das suas inquietudes, embora o seu olhar ainda transmita desassossego.

O Caçador tardou em responder, invadido por sensações de insegurança e pejo. A perspicácia do guarda-florestal deixou-o mudo de início. A verdade é inflexível.

- Sinto... sinto que estou perdido. Omiti alguns dos episódios pelos que passei. São esses, os dissabores de todos os caminhos, os motivos de um olhar inquieto. Sou muitas vezes assaltado pela incerteza, o não saber qual é o caminho certo. E na confusão acabo por cair em reflexões contrárias à minha busca. O que procuro não parece ser para mim. U... uma conclusão frustrante depois de tudo.

Diligente, Plutão seguiu as palavras do Caçador, ecoando na mente em recordações longínquas, anteriores a Caronte. Revia-se na pele do Caçador, revia o que descobrira também.

- Se não estivesse perdido, como disse, onde estaria? Como estaria? Considere isso. – Qualquer coisa vibrou no íntimo do Caçador com essa possibilidade, julgando-se livre de inquietações, em paz consigo.

- Sentir-me-ia pleno.

- E o que o impede de se sentir pleno?

- Realmente não sei responder. Talvez... mensure demasiado as circunstâncias em que me vejo por vezes...

- E as más pesam mais do que as boas – aditou Plutão.

- Suponho que sim. Sempre que as circunstâncias se ajustam ao que desejo, logo depois tudo se desmorona outra vez. E eu também. N... não consigo manter o equilíbrio entre a busca e o objetivo desta, aliado ao facto de deixar de acreditar que possa conseguir esse objetivo.

- Nada é permanente. Qualquer que seja a situação que viva terá sempre uma determinada duração, durará muito ou pouco, e passará. A agitação do espírito que sente num período menos bom é sua resistência à mudança, ao desconhecido ou a alguma situação indesejada. A adaptação também leva tempo, tenha paciência consigo. Tenho a certeza de que encontrará o que procura. Está no caminho. Sempre que perder a esperança e estiver perdido, lembre-se que a impermanência de tudo tem o seu lado positivo. Não durará. E, a seu tempo, tudo chegará. – O Caçador anuiu, absorvendo conselhos tão preciosos. - O chão foge-nos dos pés e permitimos que o medo tome posse da razão, resistindo ao momento que estamos a viver. Quando o que devemos fazer é

deixar que os nossos passos se ajustem a esse chão que se agita
de tempos a tempos. Agradeça o que já viveu e o poder continuar
a subir cada uma das Cinco Montanhas, conhecedor de que terá
outras vivências. Novas possibilidades de conseguir o que deseja.
Saiba que continuar o seu caminho significa sempre abrir *novas
possibilidades. Novalidades*!

O LUGAR DO UNIVERSO INFINITO

O Caçador sabia que a Resposta guardava sabedoria de que ele não dispunha, mas desconhecia a força dela. Passaram por Circinus, as ruínas de uma aldeia de antanho, profusa em altos e baixos, onde a Resposta pôde espraiar toda a energia sobrante e o Caçador pôde descansar sentado no miradouro da construção, apreciando a paisagem de memórias insondáveis. Mais do que descanso, Circinus devolveu alguma paz ao Caçador de Estrelas, recordando-lhe o que era estar num estado de pura tranquilidade. O estado primário do crescimento pessoal.

Após a paragem, subiram o resto do declive sem ela dar mostras de fraqueza. Fizeram as pausas pertinentes para retemperar energias, comer e beber a água que Plutão lhes brindara no próprio cantil. A Resposta apresentava a mesma energia, a brincar ou a reclamar um afago de barriga para o ar. O Caçador divertia-se com ela, porque não cabiam mais sentimentos que os que ela lhe dedicava, centrado no caminho feito na sua companhia. As experiências contrárias continuavam a existir no tempo que haviam ocorrido ou previstas para suceder algures num tempo futuro. Sem remorsos ou preocupações, o passado estava superado e o futuro caberia senti-lo quando acontecesse. Ficava o presente para viver e ser sentido agora. Tal como a Resposta o vivia, repleto de tudo o que o presente tem para oferecer, sem se inquietar com os acontecimentos que ocorrem na memória ou na imaginação, no passado ou no futuro.

O Caçador convenceu-se que o Universo é feito de uma matéria ímpar e a Resposta detinha a fórmula. Esse é o caminho, Caçador! Falta aplicar a fórmula. Ser possuidor de conhecimento e não trasladar esse conhecimento à prática denota alguma escuridão ainda por dissipar no pensamento. É o que chamo ignorância voluntária. Outro tipo de resistência ao mundo exterior. Mas, tenho a certeza que o Caçador saberá como dar a volta ao pensamento. Está no caminho.

Alcançaram o cimo da terceira montanha no crepúsculo do dia. Assentaram o acampamento e o Caçador fez uma pequena fogueira para celebrar o feito. Sentados junto ao fogo, esperaram que as estrelas aparecessem, o maior número a ser possível.

Deitaram-se num colchão de musgo e aconchegaram-se na manta do eremita para as ver chegar. Em Orionte, a azulada Rígel resplandecia, a disputar protagonismo com as demais orbes do grupo, a ver qual luzia a melhor imagem para a celebração. Enquanto a avermelhada Betelgeuse fazia o mesmo com a vermelha Aldebarã em Touro. Na constelação vizinha, Lebre, procurou as similitudes entre as estrelas do asterismo, das mais pequenas e das maiores, criando boa sintonia entre elas, como bom anfitrião que era.

As estrelas de constelações mais afastadas, como Perseu ou a exígua Pomba, também marcaram presença para divertimento do Caçador, que se deleitou a contemplá-las e a nomeá-las para a Resposta. Esta ouvia-o, curiosa com o interesse dele por aquelas coisas que brilham quando o céu fica escuro.

Apareceram muitas mais estrelas. Tantas que não poderia enumerar todas, se esse fosse o inteiro propósito deste relato. O que faço questão de mencionar é a preeminência do pico desta montanha. Por enquanto, o melhor ponto de observação. Mas nenhuma estrela cadente que o Caçador pudesse guardar, o que aliás fazia com todos os astros que vislumbrava.

Os olhos começaram a fechar-se, conseguindo ainda despedir-se das estrelas, atingindo-as com os dedos.

Neste intervalo, a Resposta adormecera, embora desejasse acordar para acabar com o pesadelo. Assemelhava-se a uma predição, dada a sensação de aflição que nele vivia, trémula e chorosa.

No pesadelo ela perdia o Caçador para sempre.

A VARIAÇÃO DAS CONSTANTES DO CAMINHO

Após dias de convivência, caminhar com a Resposta tornara a jornada distinta, outra viagem paralela à que o Caçador de Estrelas tinha iniciado. A companhia da pequena cadela preenchia os vazios persistentes, obrigava-o a valorizar o momento e, de modo extraordinário, inspirava paz. Nas circunstâncias mais duras do jornadear, bastava uma mirada dedicada da Resposta para elevar a disposição do Caçador. Nas passagens mais belas da montanha ou à noite, a espreitar as estrelas, o ânimo redobrava por ter a sua companhia. O carácter da Resposta, harmonioso ou cúmplice do ritmo do Universo, desempenhava o papel do melhor guia. Invariavelmente. Orientava os seus movimentos, mas também onde e quando despender energia que, uma vez por outra, o Caçador mal empregava na melancolia.

Como antecipara o Caçador, a Resposta tinha muito para lhe transmitir. Para a cadelinha o Caçador representava um caminho a seguir, um sentido para expressar amor. Ela estava sempre disposta a continuar, houvesse o que houvesse no percurso, como se no final de cada caminhada tivesse um prémio à espera. Tinha um instinto de sobrevivência que a prendia sempre ao agora, alegre ou triste, na brincadeira ou em alerta, quando oportuno. Viver o agora, tal como ele é. Em conclusão, é sempre a melhor orientação em qualquer itinerário. A inconstância das emoções no caminho joga também a nosso favor. Por fortuna, nenhum sentimento perdura. Não estamos sempre alegres, nem sempre tristes, não é verdade?

Assim, por baixo de um céu com umas quantas nuvens acinzentadas a pairar na brisa marítima, chegaram à costa, de caminho para a quarta montanha.

Nada advertia o que hoje lhes esperava naquela praia imensa.

Quando chegaram às falésias, o Caçador admirou com respeito a imponência do oceano que abraçava a serra com constância. Enquanto isso, a Resposta, atraída pelos gritos incessantes das gaivotas lá no alto, imitava os movimentos circulares e os gritos delas com latidos esganiçados. O Caçador ria com o quadro. Não obstante os latidos da Resposta não as intimidarem. Às gaivotas intimidava-as o que percebiam no ar mas não era visível. Sobretudo à inexperiência do Caçador, mais acostumado a estar em terra firme.

- Anda, Resposta! Vamos ver de perto. Se fores como eu, poucas vezes terás visto o mar. É digno de admiração, não é? – A cadelinha reagiu com apreensão. Auferia algo nos ditos das gaivotas.

Vaguearam juntos pela areia húmida, a Resposta a perseguir um Caranguejo fugidio. Enquanto isso, o Caçador fixava o mar, vendo um curioso Peixe Voador a sulcar as ondas, talvez perdido, e, mais distante, a barbatana colossal de uma Baleia em viagem. Depois, o Caçador brincou com a cadelinha, arremessando paus para longe, ao que a Resposta replicava, correndo apressada atrás deles para os trazer de volta. Neste meio tempo, o vento avigorou, chegou o primeiro aguaceiro e o céu escureceu para o Caçador, inadvertido.

As gaivotas voaram além das falésias. Não por acaso, na grasnada anunciavam a chegada de um grande temporal. Por esta altura, encontravam-se mais próximos do mar do que de terra, junto a uma extensão de rochedos sob os quais hasteava um farol desamparado no ponto mais alto dos penedos.

O Caçador apercebeu-se tarde. As ondas a elevarem-se de forma galopante com o sopro forte do vento e a desaparição absoluta do Sol por detrás das nuvens mais lúgubres, desataram a tempestade sobre eles num instante infeliz. Uma onda superior às leis da natureza galgou a areia da praia até às falésias, antes que as pudessem transpor e porem-se a salvo à beira da floresta ou, caso não lá chegassem, no farol. Sem embargo, naquela circunstância, a solução à vista foi subirem para os rochedos. A ser possível, mais rápido do que a onda!

A dimensão da onda gigante ia a menos mas em força não cedia, avançava voraz na peugada do Caçador, que corria não perdendo de vista o monstro que o perseguia. A Resposta corria ao seu lado, assustada. Parou quando dono se deteve e pegou nela, pondo-a no cimo do primeiro penhasco, acima dos seus ombros. As patas dela escorregaram sobre a pedra molhada, mas o Caçador não descansou enquanto não assentou a cadelinha em segurança. Quando voltou o olhar para a onda, o monstro de água abalançou-se sobre ele para se abater nos rochedos, com a grandeza do mar. O Caçador sentiu como o peso da onda o empurrava e o peito esbarrava contra a parede da rocha. Não teve tempo de trepar, arrastado pela massa de água que o fez recuar para longe com o mesmo impulso com que se elevara.

Num esforço hercúleo venceu a maré-alta, nadando até ao rochedo mais uma vez. O ladrido aflito da Resposta serviu-lhe de orientação, sempre que a corrente o apartava do objetivo. Por esta altura, a borrasca aumentou, tornando a visibilidade difícil.

Anteviu o regresso da vaga e, desta vez, não desaproveitou a força da onda, lançando os braços à pedra quando a água se elevou sobre ela. A Resposta quis ajudar. Abocanhou uma manga do Caçador e puxou com a genica dela, enquanto ele impulsionava o corpo para o cimo do penhasco, antes da chegada do próximo *monstro*. A custo conseguiram, mas ainda não estavam livres dos perigos do mar.

- Depressa, Resposta! Anda, anda – clamava o Caçador de

Estrelas, enquanto corriam precipitados pelo cimo da extensão de rocha em direção ao farol mais adiante. Então, estariam a salvo. Porém, não foi isso que aconteceu. O azar ainda não previu dar-te tréguas, Caçador.

A vaga que se seguiu foi a maior a que alguma vez se assistiu nesta praia. Ao mesmo tempo que pensavam estar a encaminhar-se para um lugar seguro, o monstro de água perfilava novo plano para os arrastar de vez.

Uma sombra gigantesca depressa se sobrepôs aos perseguidos, a vários metros de altura. Num ato de reflexo, no decorrer da correria, o Caçador olhou para o monstro de água, viu como este abria a boca e expandia as presas para os engolir. O que acabou por conseguir. Não houve maneira de vencer a inclemência do mar. Foram absorvidos por aquela grande vaga, sem rochas que pudessem valer de ancoradouro.

Para o Caçador, a possibilidade de emergir surgia como um sonho irrealizável, eterno recluso do turbilhão onde vivia. Cada vez que procurava chegar à superfície, uma força maior refreava-lhe os movimentos, asfixiava-o. O que dizer da agitação da água a borbulhar com força, o barulho atroador, o turvejar da visão, enfim, a aflição de se ver a afogar.

E sem saber da Resposta. Saberia ela nadar? Saberia lidar com a atribulação, ou estaria como ele, mais perto da morte do que da superfície? Esta imagem, mais aflitiva, estimulou o instinto de a proteger sob qualquer condição.

Oportuno, o movimento voraz do monstro de água acedia a dar-lhe uma última possibilidade de salvação, a qual o Caçador não desperdiçou. Desfez-se do peso da sacola e remou com valentia, qual Flecha lançada, despontando à tona de um salto. Tomou o ar como parte dele, antes de gritar.

- Resposta! Resposta! – O mar ondulava alto, as rochas viam-se distantes, o farol alumiava na negrura, mas não encontrava a Resposta.

- Resposta! – foi o derradeiro grito, antes da nova vaga o afogar.

OS PÓLOS CELESTES DOS PROBLEMAS

Parecia impossível que a praia tivesse sobrevivido ao poder destrutivo da maior tempestade que aquele homem encurvado havia assistido, desde que cuidava do farol dos penhascos de Bússola. Nenhum ser vivo de terra teria escapado à força do mar movida pela intempérie.

Passear pela areia, apurar os estragos e recolher o que o mar devolvera era tarefa que preferiria não fazer. Todavia, resistir ao lado menos complacente da natureza pressupõe a não-aceitação da própria vida. É percorrer metade do caminho a cambalear, a cair e a magoar-se a cada passo, visto que a vida é o eterno composto dual. Luz e escuridão, justapostos na mesma direção, com o mesmo início e o mesmo fim. Por experiência, vivida e observada, sei que renegar de uma destas faces da existência é privar-se do equilíbrio. Dar espaço somente à dor ou pensar que se é sempre feliz, são formas de negação que resultam em desequilíbrio. Mas, abandonemos as minhas divagações e volvamos aos passos do faroleiro...

Na extremidade dos rochedos avistou um vulto. A simples vista, pensou tratar-se de um destroço de barco. Logo depois, verificou tratar-se do corpo de um homem, talvez morto. Acorreu para junto dele, agachando-se. Mediu-lhe o pulso e soprou de alívio.

Horas depois, o Caçador acordou debaixo de uma manta de lã, no piso térreo de um beliche no farol forrado de livros, a ser examinado por três desconhecidos barbudos. O faroleiro, de barba branca e sobrancelha direita subida com um copo de água numa mão e um prato de fruta na outra; outro homem da mesma idade de barba amarelada, menos encurvado, mas mais baixo; e um terceiro homem mais novo, de aspeto rude, barba muito ruiva e meia testa queimada pelo Sol. Todos com rostos duros e pele marcada de gelhas.

- Resposta! Onde está? – foram as primeiras palavras do sobrevivente, arremessando a manta num pulo.

- Qual *resposta*, homem? – inquiriu com voz afónica o homem de barba amarela.

- Sabes o que te aconteceu? – dirigiu-se-lhe o faroleiro.

- Não viram uma cadelinha de pelo claro... – continuou o Caçador, desorientado, levantando-se a cambalear para a procurar. -... olhos castanhos... e... e...

- Onde vais? – disse o de barba ruiva com brusquidão, agarrando-o para não cair. O de barba amarela fez um esgar, compassivo. Já o faroleiro olhava para o Caçador com preocupação ao vê-lo em desespero pelo pobre animal.

- Não percebem! Tenho de a encontrar. Não sei o que lhe aconteceu – insistia o Caçador, ao que o faroleiro por fim respondeu:

- Só te encontrei a ti na praia. Não vi cão nenhum. Para ser franco, nenhum ser vivo sobreviveria àquela tempestade. Encontrar-te com vida já foi um milagre!

- É verdade! Eu próprio e aqui o Gama varremos a praia a ver se havia mais desfalecidos ou falecidos, e não encontramos ninguém. Lamento muito, mas o inevitável deve ter acontecido – corroborou o homem de barba amarela, com o ruivo a assentir com tristeza.

- Vou procurá-la! – disse o Caçador, ignorando o discurso de todos, negando que a Resposta pudesse ter perecido na tormenta.

- Ainda não estás recuperado! – advertiu o faroleiro, tratando de o amparar, antes de o Caçador desabar no chão.

Despertou no beliche, voltado para uma janela por onde as estrelas o vigiavam há horas. Adiou a mundo terreno para contemplar o céu, à espera que uma estrela cadente lhe trouxesse melhor sorte.

- Ah! Estás acordado. Vem, senta-te connosco à mesa. – O Caçador virou-se para o homem de barba amarelada, que lhe sussurrava. - Alfa, o nosso faroleiro, preparou um caldo do mar que alimenta. Anda! – O Caçador perdera o apetite mas devia agradecimento aos homens que o tinham salvado. Levantou-se e, menos cambaleante, chegou-se à mesa, onde estavam todos a saborear a sua tigela fumegante. O faroleiro dispôs outra conca de caldo à sua frente e ficou de pé, ao lado dele, à espera da reação do Caçador. Os outros também lhe dirigiram a atenção, na mesma expectativa. Ante a pressão geral, o convidado pegou na colher e mirou o caldo. Um caldo aguado de tonalidade acastanhada, com algas verdes, vermelhas e negras a boiar. O aroma era um excessivo concentrado de mar, nada convidativo. O aliciante era o bem que se respirava sobre o dito manjar. Depois, a custo, provou uma colherada.

- O caldo está muito bom – pronunciou-se o Caçador de Estrelas, surpreendentemente deliciado.

- Sabe melhor do que aparenta, podes dizê-lo! – galhofou o faroleiro, endireitando-se, com a gargalhada de todos. O Caçador forjou o riso no pesar, não pretendendo ser descortês. - Estás em tua casa. Eu sou Alfa, este velho daqui é o Beta e o ruivo é o Gama, pescadores, membros fundadores do clube de leitura do farol, amigos de longa data – apontou o faroleiro, rodeando a mesa até ao seu lugar.

Sem demora, o Caçador aproveitou para reconhecer a generosidade que lhe brindavam.

- Quero... quero agradecer ter-me resgatado e recebido em sua casa, Alfa. E, agradecer a Beta e Gama o cuidado comigo e a preocupação em procurar outros... sobreviventes. – Todos aceitaram a gratidão com modéstia, retomando a refeição em silêncio, mostrando respeito pela desdita do convidado.

A presença constante da Resposta na preocupação do Caçador afigurava-se difícil de aplacar, não conformado com a sua desaparição, mesmo com os testemunhos dos novos amigos e as inexistentes probabilidades de ter escapado à brutalidade da borrasca, à qual ele próprio quase sucumbira. O faroleiro, acostumado a observar e a servir de guia, não foi capaz de encontrar palavras que pudessem guindar o ânimo do Caçador e, talvez, orientar o convidado para um caminho sem a Resposta. Todavia, havia mais quem quisesse naquela mesa animar a visita.

- Uma vez conheci um pescador que me disse que ele não tinha problemas – lançou Beta de improviso. Ato contínuo calou-se.

- Vais explicar ou vamos ficar assim, como estávamos? – demandou Alfa, a folgar. Gama riu, divertido, mas em seguida regressou às feições duras, quando se lembrou do luto do convidado.

- Vou explicar, sim. Procurava saber se estão interessados em ouvir esta história.

- Penso falar por todos. Inclusive céticos, temos curiosidade em conhecer semelhante personagem! – Desta vez, até o Caçador riu com a brincadeira do faroleiro e o esgar espirituoso que Beta lhe atirou.

- Aclarado o vosso interesse, prossigo: quando este homem me contou que não tinha problemas, eu acreditei. Trabalhei com ele em alto-mar durante meses, em condições precárias, nem sempre com o melhor tratamento, para não falar da convivência entre os tripulantes. Mas, apesar disso, este homem andava sempre satisfeito com a vida. Como é claro, quis saber qual o seu segredo. Quem não quer não ter problemas? E a resposta dele foi em simultâneo simples e complicada. Tardei em assimilar a verdade do método que me descreveu. Segundo ele, uns demoram mais do que outros, consoante o tamanho do ego de cada um. Tomem nota: ego não é a mesma coisa que amor-próprio.

- Sim, sabemos! Desembucha! – reclamou Gama, a curiosidade exacerbada a impor-se. Com razão, não lhe parece, Leitor! Que método será esse? Todos queremos saber!

Beta rezingou a Gama qualquer coisa entre-dentes e continuou:

- Pois bem, quando ele se deparava com um problema não o enfrentava...

- Oh, por favor, diz-me que esta não é uma história de um frouxo qualquer? Não tens outra história digna de se ouvir? Com tantos livros lidos, conta uma história mais interessante, a de um herói literário, por exemplo! Tenho um convidado, Beta – resmungou Alfa, enquanto o Caçador assistia com algum divertimento à troca de ideias entre os amigos.

- Tranquilo! Não,. não é nada a história de um frouxo. Garanto que esta história é perfeita para o teu convidado. Para todos, aliás! Embora reconheça que não fiz bom uso das palavras. Na verdade, ele não via o problema como um adversário com quem teria de debater forças, via o problema como um amigo com quem iria interagir para resolver a dificuldade que se apresentava. Uma vez resolvida a dificuldade, despedir-se-ia do *amigo-problema* para o bem de ambos. Ele reconhecia o problema, aceitava o problema e agia com o problema com naturalidade, em sintonia. Ele dizia: quando oferecemos resistência às adversidades é quando elas se transformam num verdadeiro problema. Esse processo resistente de encarar as dificuldades retira-nos liberdade ou causa-nos um sofrimento que parece não mais partir, ou arrebata-nos sem piedade a alegria de viver. Ou, pior ainda, chega a fomentar achaques difíceis de recuperar. Um problema pode ser um elo de uma cadeia interminável se não aceitarmos a vida tal e como ela é, com ou sem problemas, e agirmos em concordância. Era isso que o homem sem problemas fazia naquele barco imundo! Pela a minha experiência, acredito ainda que o que diferencia as pessoas que superam problemas das que não o fazem é a decisão de os superar. Não há dúvida de que quem os supera faz bom uso da liberdade de escolha ao tomar essa decisão – concluiu Beta, arrojando um pedaço de pão para a boca com toda a calma. - Ah! Lembrei-me! Delfim era seu nome. – Os outros olhavam-no, boquiabertos, sem dar um reparo.

Apesar de aquilo não ser nada que já não tivessem ouvido, no farol, a encorajar o Caçador, soou mais verdadeiro do que todas as vezes que o tinham ouvido antes.

Contudo, um estremecimento pousou no coração do Caçador de Estrelas: *«como será o caminho depois da Resposta?»*.

A HORA SIDERAL DO AGORA

Passaram dias antes de o Caçador abandonar o farol. Os dias decorridos na praia investiu-os na busca incessante da Resposta, tanto no vasto areal à beira-mar como no bosque que o circundava, até onde as forças lhe consentiam ir. Sem resultados.

Aceitar o sucedido previa-se mais custoso do que imaginara, mas não podia negar que lhe devolvia paz quando o conseguia nalguma ocasião.

Há muito que não sentia um vazio como este. Chamava, no entanto, à atenção que o mar conseguisse preencher esse vazio. Ali, onde se escondia a recordação do olhar mais terno, ela perdia-se no infinito. O vazio, esse abismo imenso, não se perdia. Quando fechava os olhos, em sonhos ela regressava. Aí, não tinha voz, mas lá estava aquele olhar sempre atento, dedicado. Estrela regressava também, sorria-lhe e sem palavras proferia: *«vai correr tudo bem»*. Percebia a sua voz na aragem marítima, do mesmo jeito que uma carícia sua lhe chegaria à alma.

Trabalhou, leu e conviveu com Alfa todos os dias nos penhascos de Bússola. O convívio com Beta e Gama também se manteve, sobretudo nas tertúlias sobre livros. Visitavam o faroleiro todos os dias, eram lobos-do-mar mas sedentos da boa companhia, das leituras e do tal *caldo do mar* malcheiroso! De todos ouviu histórias extraordinárias que lhe ficaram gravadas como suas, por serem encorajadoras e pelo bom humor que transmitiam.

Chegada a hora da partida, Alfa entregou-lhe uma sacola nova, feita da mesma matéria resistente das botas do sapateiro, apetrechada de alimento, ferramentas úteis e um livro de fábulas para a longa jornada. À gratidão do Caçador uniu-se a promessa de uma amizade para continuar.

Outra vez na senda de uma estrela cadente, caminhou sozinho pela encosta da quarta montanha até chegar à aldeia circular Ave-do-Paraíso, de cabanas rasteiras dispostas em torno de uma grande praça de terra batida, onde adultos e crianças aproveitavam os raios de Sol que já despediam o dia no céu crepuscular. Com alguma pressa, Vénus surgiu a piscar-lhe o olho, conivente, mais radiante que nunca. Qual será a sua ideia para o Caçador? Tomara que seja a tão ansiada estrela cadente!

Ignorando qualquer plano por parte dos entes celestes, sentou-se ao pé de uma das árvores jovens que demarcavam o espaço conferido à praça. Da nova sacola retirou um naco de pão e queijo que, em menos de nada, desapareceram com a fome que trazia.

Um grupo de miúdos reuniu-se diante dele. Faziam-se acompanhar de dois cães, um enorme de pelo liso lustroso e outro minúsculo felpudo e reguila. Os mais crescidos traziam uma bola de trapos colorida e uma pinhata com a silhueta de Saturno, anéis e tudo. Os mais pequenos arrastavam a vara para a pinhata, ao mesmo tempo que pontapeavam um novelo de fio.

Ao observá-los, um sorriso aberto coloriu a expressão enlutada do Caçador, idealizando a figura da Resposta no meio da brincadeira dos miúdos com os comparsas caninos. Ah, e uma bola! Que mais poderia desejar a Resposta?

As primeiras estrelas refulgiram no firmamento a par com o iluminar dos lampiões esféricos das ruas. Pouco depois, o conjunto de lampiões reproduzia o céu na praça, compondo um abrigo mágico sobre os aldeões.

Os mais pequenos simpatizaram com o Caçador de Estrelas e convidaram-no para jogar à bola com eles, para equilibrar um pouco a desvantagem entre a equipa dos crescidos e a deles. Não foi preciso argumentar mais nada. O Caçador incorporou-se à equipa como guarda-redes, os mais crescidos acharam justo, uma vez que ele tinha a mesma altura do antagonista na outra baliza.

Durante o jogo, ambas equipas esforçaram-se, ninguém queria perder, mas a diversão era o principal objetivo. Na reta final, as equipas, empatadas, precisavam de um golo para decidir o jogo. O jogo trouxe a bola para perto do Caçador e, desprevenido, caiu de costas com os braços para trás, a centímetros da rede. Ninguém sabia se tinham vencido os adversários ou se, pelo contrário, a bola não cruzara a baliza, ou se esta se desfizera em farripas, pois não viam nem um trapo em lado nenhum. Os segundos que se seguiram foram eternos até o Caçador se endireitar, levantando a bola no ar para o contentamento dos mais novos. O Caçador pulou e dançou de alegria, deixando a descoberto o resultado da queda que defendeu a última bola. A casquinada dos miúdos foi geral quando viram melhor o que sucedera ao seu guarda-redes. A minha risada uniu-se à deles! Tal fora a entrega do Caçador, que rasgara as calças no traseiro! Todos apontavam para lá, para que ele visse também. Ao que ele girou sobre si para ver o grande rasgão. Por sorte, tinha uns calções mais duradoiros por baixo. Repetindo o gesto, ora olhava para os miúdos, ora para as calças rasgadas naquele sítio. E, gradualmente, não conteve a gargalhada, rindo de si próprio com espontaneidade. Como jamais fizera. Nem com Indi e a sua falsa bebida.

Os miúdos riram mais alto ainda. Ele libertou o pesar que o sobrecarregava, dando permissão para que este voluteasse rumo às estrelas, confiando-lhes a sua guarda. Elas saberiam o que fazer com tanto pesar. Confiou no Universo.

Regressando ao triunfo da sua equipa: a vitória também satisfez os mais crescidos, que logo se dispuseram a homenagear o jogador novato, outorgando-lhe a vara que partiria a *pinhata-*

planeta atada à árvore onde o Caçador arrumara a sacola para passar a noite.

Ataram-lhe uma venda de tecido pardo nos olhos e entregaram-lhe a vara enquanto riam, engraçados. Quando o Caçador começou a tentar acertar na pinhata a galhofa contagiou os adultos também. Às cegas, ele ia varejando no ar com pouca pontaria. Desajeitado, devo acrescentar.

As crianças procuravam ajudar cada vez que ele se aproximava da pinhata.

- Agora! Agora! Agora! – berravam em coro, para uma pancada certeira. O *«agora»*, ressoava na consciência do Caçador, ciente de estar a viver o famoso *agora*, cada pulsação do momento presente, ali mesmo, apartado do ego carcereiro do passado e do futuro. Sim, existe exclusivamente este momento, Caçador. Os momentos que não se estão a viver são lembranças ou suposições que poderão nunca chegar a acontecer.

As tentativas somavam-se e nada de arrebentar com a pinhata. O vozear dos pequenos parou e ele também. Ouviu passos na sua direção, imobilizando-se por inteiro. Apurou os restantes sentidos antes de pensar retirar a venda dos olhos. Aos passos delicados e vagarosos, uniu-se uma fragrância adocicada, uma mescla de flores silvestres das montanhas e coco da floresta selvagem, aliada ao calor de alguém. Baixou os braços rendido àquela presença. Sentiu o contacto suave das mãos dela nas suas, ouviu um resfolegar, ao qual o Caçador correspondeu, feliz.

- Estrela? – Ela não respondeu, conduziu as mãos dele e juntos deram um golpe certeiro na pinhata. Uma chuva de gulodices em papel colorido caiu sobre eles, os miúdos deram urros de júbilo e correram a ver quem apanhava mais doces. Na distração dos que os rodeavam, ela beijou o Caçador. Ele uniu-se ao toque dos seus lábios, separando-se por completo de todos os pensamentos, inteirado da proximidade de Estrela. Ambos entregues. O remate perfeito deste *agora*.

Ela acabou por abandonar o contacto, partindo como o esperado. O Caçador recusou-se a tirar a venda, preferindo o sonho que estava a viver, alheio às razões desta aproximação. Antecipava a posterior partida. Quiçá Estrela tencionasse evidenciar o sentido de viver em pleno cada instante. Ou experimentá-lo sem a carga do próprio passado, declarando os verdadeiros sentimentos pelo Caçador.

A meu ver, neste preciso *agora*, nada disso importava. Para o Caçador de Estrelas, importava o tempo deste encontro fugaz. O *agora*. Só agora.

O FIRMAMENTO NA ENCRUZILHADA

Passou a noite e o dia seguinte em Ave-do-Paraíso, na esperança de voltar a encontrar Estrela. Mas ela não regressou. Foi então que, agastado com os desencontros dos dois, decidiu partir de noite, desafiando-se a si mesmo.

Sozinho, não aspiraria a companhia de Estrela, conformando-se com o seu empenho em afastar-se dele. Assim, seguiria um caminho sem mais companhia que a sua própria. Dado que não necessitava de ninguém para continuar, vendo-se mais experiente na lida do caminhar. Pensava, empedernido, convencido que seria melhor viajar desacompanhado, depois de tudo.

O pendor do trilho que se seguia, rumo ao cimo, mal se distinguia na escuridão a juntar ao carácter mais plano do terreno. Embora ao longe, por detrás dos picos de uma pequena mata, banhada pelo Quarto Minguante da Lua, se entrevisse uma arriba mais dificultosa de subir. Para já o caminho comparava-se ao trajeto onde encontrara Polar, no início do percurso pelas montanhas. Caminhos delimitados por árvores de grande porte e densa ramagem, trâmites com aberturas claras, nas que o leve luar pousava à-vontade o foco.

Uma vez por outra, olhava para o céu. *«Será que é hoje que a vou ver?»*, indagava. Pensou entrever o conjunto de estrelas Lobo, com saudade da Resposta. Um aperto no coração trouxe-lhe a imagem dela circunscrita nesta constelação que pensava estar a enxergar. Com tristeza. Quem dera que fosse ela. Contentou-se com a contemplação da sua silhueta nos astros.

No que respeita ao sentido de orientação do Caçador, nesta ocasião também foi posto à prova. Com efeito, aproximava-se a hora de um repasto quando se topou com uma encruzilhada majestosa. Três caminhos distintos ladeados por árvores maiores a servir de portais, todos com tabuletas a indicar o mesmo destino, a quinta montanha. No centro, encontrava-se um outeiro com um tronco descomunal sem ramos nem folhas, e uma construção de madeira a culminar. Uma construção bastante decrépita, devo apontar. Paredes dissemelhantes inclinadas para o interior e um telhado alto e pontiagudo, despertavam por certo curiosidade. A estrutura não se mostrava clara, quanto à finalidade e à localização. Deixada ao abandono, de portas e janelas entaipadas com traves sobre traves, tanto podia ter servido de habitação, como de posto de vigia, de armazém ou de abrigo para os viajantes, antes de se decidirem por um dos três caminhos. Algo que também o Caçador de Estrelas devia de fazer antes de prosseguir viagem. Mas que caminho seguir? O que poderia encontrar em cada um dos trilhos? Talvez se cruzasse com Estrela num deles. Nesse caso, tenho a certeza que o Caçador diria *não* a esse trilho, predisposto que estava em ser um solitário felizardo. E, se Resposta lhe aparecesse noutro? Bem, então, seria uma grande alegria saber que estava viva, mesmo que ela depois não quisesse continuar ao seu lado. E se escolhesse o trilho que o levasse ao Grande Felino? Porventura, seria o fim!

Não havia uma contestação perfeita para todas as questões que se levantavam. Certo era, que devia optar por um destes caminhos, não havendo uma alternativa que se amoldasse a tudo o que anelava conseguir. Acima de tudo, devia centrar-se no desígnio principal desta jornada, supostamente, tão perto de avistar a sua estrela cadente. Se bem que, escolheu descansar ali mesmo, antes da deliberação.

Por ora, a cabana da encruzilhada intrigava-o. Subiu o outeiro e rodeou-a para perscrutar cada detalhe e confirmar o abandono. A cabana não tinha frestas por onde espreitar, o que o encorajou o Caçador a trepar pelo tronco despido para o telhado pontudo. Ali, acomodou-se numa saliência da cobertura da casa para ver as estrelas. O céu limpo e a escuridade possibilitavam ver todo o páramo celeste naquele ponto do mundo. Puro deleite para o Caçador de Estrelas.

Estendeu um braço para os astros, inclinou a palma da mão e articulou os dedos, com um olho aberto, calculando os ângulos para identificar o maior número de estrelas. O telhado, carunchoso, balanceava ao som do entusiasmo do Caçador. Procurava manter-se numa posição firme para confirmar que avistava a constelação de Unicórnio, quando o teto da cabana abaulou com o seu peso. Ao pôr-se de pé, o Caçador afundou aquele lado do telhado, caindo no interior da cabana coberto da poeira acumulada nas vigas. Por sorte, a Lua iluminava alguma coisa lá para dentro!

Na penumbra, entre um montão de tralha, descobriu candeeiros e procurou um que ainda tivesse um resquício de combustível. Com o acendedor que o faroleiro lhe dera, iluminou-o. Sacudindo o pó de cima dele, viu depois que a cabana era composta de uma assoalhada circular, rodeada de montões cobertos por lençóis, fantasmas a guardar a morada, assombrando intrusos e gatunos. Fantasmas que despertaram mais o desejo veemente de desvendar a finalidade da misteriosa cabana.

Num ato impensado, destapou a ponta de um lençol. O que viu deixou-o estupefacto. O brilho amarelo do mobiliário descoberto refulgiu nos olhos arregalados. Levantou os demais lençóis em menos de nada. Era ouro! Tudo! Todo o mobiliário era feito de ouro! Quem poderia pensar que aquela cabana ruinosa podia esconder um tesouro imensurável? E quem teria guardado um tesouro num lugar ao alcance de todos os viandantes, desprotegido? A insensatez de semelhante façanha merecia ser explorada com minúcia. Sobretudo porque sob os móveis dourados pousava uma espécie de circuito, também em ouro, nunca antes visto pelo Caçador de Estrelas. Quem seria o Escultor daquela maravilha?

Num dos extremos do engenho de ouro divisou uma manivela unida à Máquina Pneumática, à qual deu corda com esforço. Soou um sino miudinho e um barulho de roldanas e cilindros a trabalhar. De seguida, de uma casa miniatura saiu uma figurinha, um homem, que rolou sobre um carril para percorrer todo o circuito. Uma melodia lenta começou quando passou por baixo de uma ponte. O Caçador, impressionado, viu como um cilindro com puas rodava com as palhetas de um bastidor embutido no cenário dourado que adornava toda a composição. O caminho do homem dourado cruzou-se com o de uma mulher, pararam e inclinaram-se os dois. O movimento de roldanas recomeçou e com ele surgiu um grupo de pessoas que desbarataram paus sobre o pobre homem, expulsando-o daquele lugar. Ele prosseguiu no carril inclinado, triste, diria o Caçador. O cenário moveu-se alterando-se por inteiro, com chiadeira e rumores metálicos aqui e ali. A decoração tinha menos beleza e mais caos de peças, a música a soar estridente. Aqui, o homem uniu-se a um grupo armado e juntos lutaram contra o grupo adversário. Em ambos lados, muitas figuras tombaram. O homem dourado foi um dos poucos sobreviventes e, a julgar pela animação das figuras que se seguiu, foi um herói de guerra ao ajudar os combalidos, que o engenho alinhava à medida que iam sendo auxiliados por ele. O Caçador teve uma sensação doce-amarga quando viu o pequeno homem a ser condecorado e depois pontapeado por quem o engrandecera.

Mas o homem continuou no carril, direto a um cenário de casas onde tornou a apaixonar-se, encontrando a companheira ideal. A música suavizou. Casou, teve um filho e encontrou na profissão de Escultor a vocação, tanto que fez fortuna nesta arte. A engrenagem empancou por segundos, para reiniciar movendo peças e ambiente. Mais taciturno, tal como a melodia. Isto porque, aqui, a família enfermou e o homem perdeu a mulher e o filho. É então quando abandona casa e trabalho, e constrói a cabana na encruzilhada. Surge um relógio desproporcional ao circuito, para mostrar o passar do tempo. O homem fica encurvado e o Caçador vê-o construir todo o engenho de ouro, tudo o que de material acumulara na sua vida. No final, abandona a cabana. Ao que o Caçador pressupôs que o Escultor terá escolhido um dos três caminhos. Mais uma vez, o mecanismo parou, parecendo ter finalizado.

O Caçador de Estrelas ficou absorto na história, aguardando um final mais ilustrativo. O que teria sucedido ao Escultor? A máquina respondeu com mais movimento, emitindo uma mensagem pela ranhura debaixo da pequena cabana de ouro. O Caçador pegou no papel amarelado, lendo:

A história de qualquer pessoa vale mais do que todo o ouro acumulado.

A quem encontre esta mensagem, entrego o meu ouro. Eu continuarei a viver a minha história.

Boa sorte,
Canopus Argo Navis

Cativado pela mensagem, o Caçador de Estrelas soube no ato o que devia fazer com todo o ouro: ajudar os lavradores de Deneb.

Esquecendo-se do seu propósito, trepou ouro e traves para regressar à malograda aldeia. Saltou do outeiro para o caminho de volta, onde dois homens de aspeto dúbio trilhavam na direção da encruzilhada. O sentido de perigo do Caçador desencadeou uma explosão de adrenalina. Intuía que aqueles dois não passariam por ele sem uma palavra. Fingiu não os ter visto e inverteu os passos, confiando ser o meio de os esquivar. Porém, aqueles dois bandidos não secundaram a retirada com tanta facilidade.

O ESPLENDOR CELESTE

Um dos bandidos, o mais corpulento, de olhar intimidativo e movimentos lentos, foi o primeiro em falar.

- Eh! Porquê tanta pressa? – O Caçador deteve-se, considerando o que dizer para os afastar dele e do ouro dos lavradores.

- Aonde vais? Se calhar vamos para o mesmo sítio! Podemos acompanhar-te – aditou logo o outro, o alto e magro, de sorriso mutável, voz rouca, batido pela calvície. Ambos trajando roupa num tom maculado, todos desconchavados.

- Ou talvez nos possas oferecer uma bebida na tua cabana – disse o primeiro, o riso do amigo a ressoar na encruzilhada pacata. Neste ponto, não havia como abandonar a cabana. A solução seria persuadi-los a retomar o seu caminho ou caminhar com eles.

- Em... em casa não tenho nada, mas posso oferecer-vos uma bebida na cidade. É... é para lá que me dirijo – replicou o Caçador, com a voz a vacilar sem controlo. Os bandidos entreolharam-se. Quantas vezes teriam ouvido vozes trémulas a mascarar o medo, a tentar iludir mestres do embuste e da intrujice como eles?

- Estamos cansados de andar e gostávamos de folgar um pouco. Não tens bebidas para nos oferecer, mas decerto podes acolher-nos em tua casa – porfiou o corpulento, aproximando-se do Caçador. O alto seguiu-o de perto, fazendo deslizar da manga do casaco uma barra metálica.

- Ah... tenho quem me espere na cidade, la... lamento não poder ficar convosco – foi o que lhe ocorreu responder, as pulsações em aumento. Por esta altura, o Caçador viu-se encurralado, mentalizando-se que teria de bater-se com eles.

- É uma pena que não nos possas fazer companhia – empeçou o corpulento, cada vez mais perto do Caçador -, porque não queremos forçar a porta da tua choça. – E o outro a subir o outeiro para derrubar a entrada entaipada.

- C... como já devem ter percebido, não é minha. Garanto-vos que a cabana não tem nada que vos possa interessar. A... acabei de sair de lá e comprovei que é uma cabana abandonada. Devia de ser um abrigo para viajantes – deslindou o Caçador, ocultando apenas a verdade sobre o ouro.

- Ah sim? E porque saíste tão rápido *de lá*? Não vais passar a noite no *abrigo*? Estranho! Preferes palmilhar mais quilómetros, em vez de descansar aqui mesmo. Já sei! Assustou-te um rato, foi? – achincalhou o corpulento. O Caçador pregou o olhar nos olhos dele, previdente, medindo os gestos e a cercania, sem se deixar melindrar pelo jogo vexatório antes da contenda. Estava em causa a guarda do ouro e não o ego.

O alto ainda não tinha começado a desmantelar traves. Ainda podia evitar o fracasso no seu intento de defensor de propriedade alheia, achava o Caçador de Estrelas.

- Se me disserem o que procuram, talvez vos possa ajudar. Conheço bem estes caminhos e sei onde poderão abastecer-se com o que precisarem – expôs com convicção, como derradeira tentativa. Os bandidos deram uma risada ruidosa.

- Já te vimos antes, noutras paragens. E, por certo, não nos pareceu que soubesses muito de alguma coisa. Porque é que supões que tu, um basbaque simplório, nos podes ajudar? Além do mais, temos cara de quem precise de ajuda? Por acaso, sabes de onde viemos? Pessoas como nós não se podem *ajudar* – rematou o corpulento, cenhoso, a agressividade a acachoar nele.

- É verdade que não vos conheço, sim, mas sei, sem dúvida, que todos podemos ser ajudados, a despeito de ser quem somos ou das nossas origens. O... o apego à ideia de que nada nem ninguém poderá melhorar a nossa situação priva-nos da boa vontade para mudar, da humildade para aprender, da capacidade inata para ser quem queremos ser, ajudados ou não. Quanto à ignorância que manifesto, reconheço-a. Sou só mais um aprendiz do caminho.

- Até tem alguma razão, Atria – assentiu o alto. O tal Atria reprovou as palavras do comparsa, fixando-o, frenético.

- Um discurso muito bonito, *aprendiz do caminho*! Mas não temos paciência para blá-blá-blá enfadonho para nos entreter. Ficou claro que escondes algo na cabana e vamos descobrir o que é. – Dito isto, depressa chegou ao Caçador, mais rápido do que a reação deste, prostrando-o no chão com um soco preciso no queixo. O baque no solo impulsionou a força do golpe, direto ao tronco cerebral, causando torpor na lucidez. - Trianguli, depressa, deita isso abaixo! – ditou depois ao alto. Este começou a bater na madeira como um possesso. Com o barulho, o Caçador recobrou a noção de onde se encontrava e o que se estava a passar, vendo como os dois facínoras descobriam o que podia traçar uma nova vida para as famílias de Deneb.

Com as pernas a bambolear, subiu o outeiro no sentido dos bandidos. Ao primeiro malfazejo que chegou, o corpulento, empurrou-o pela pequena elevação abaixo, quase esgotando forças. Num ato de reflexo, o alto, antes que o Caçador investisse nele também, arremeteu com a barra metálica, sem piedade. O Caçador recebeu os sucessivos ataques cruzando os braços sobre a cabeça, procurando o meio de responder. Foi com a perna que o fez, arriando o adversário. Todavia, não teve oportunidade para se vangloriar. Tão depressa como girou sobre os pés, voltou a encontrar a pujança violenta do corpulento, cujo fito era desfazer-se do Caçador a murros, de uma vez por todas. A ele juntou-se o companheiro.

Vencido, numa luta desvantajosa, em determinada altura,

a dor já não era sentida. Viu um esplendor branco aproximar-se e sentiu-lhe o calor, e depois frio. Era uma estrela! Tinha o feitio de Escudo. Vinha para o libertar da agonia no sopro da respiração mais ténue, antes de desabar aos pés dos agressores, inanimado.

Sem clemência nem escrúpulos, os bandidos lançaram-no pelo outeiro, qual carcaça consumida por bestas desalmadas.

O UNIVERSO DESABITADO

Acredite, Leitor, que me é difícil narrar esta parte da história.

Ele...

É meu dever continuar a descrever os factos desta odisseia que disse que iria contar. Uma história de coragem não deve ser censurada por abranger uma conjuntura terrível.

Pois bem: caía uma chuva miudinha sobre a vegetação cerrada, árvores e plantas absorviam a humidade, espraiando os braços da natureza no mundo. Os animais reconhecem a grandeza do processo e vivem em comunhão. Ali, não era diferente. Uns recolhiam-se nos respetivos esconderijos, à espera do cessar dos chuviscos, outros preparavam-se para sair e caçar. Outros, porém, não esperavam e apoderavam-se do terreno até onde lhes era permitido, delongando a sua atividade até quando lhes fosse permitido. Era o caso de algumas das mais diminutas criaturas. Sobretudo as formigas, que não paravam de um lado para o outro, numa labuta sem fim. A maioria corria apressada, mesmo não havendo pressa, e as que carregavam alguma coisa eram menos ligeiras, mas nem por isso atenuavam a azáfama.

A água em excesso alagou a terra nas zonas baixas, nas mais altas criou finos regatos a sulcar a terra da floresta. Num desses regatos, cirandavam as formigas, ocupadas com o transporte da comida lacerada arredor de um enorme vulto atravessado na água. Houvesse o que houvesse, elas conservavam-se constantes num propósito infindo, contornando obstáculos ou tirando partido dos mesmos, irrompendo, audaciosas, da colónia quando coberta por causas naturais ou vontades mal-intencionadas.

Eu podia continuar a relatar a formidável existência das formigas, mas não é esse o meu desígnio. O que me ocupa aqui é o vulto que jaz sobre o regato...

Os olhos dele entreabriram-se devagar, a dor intensa que sentia pelo corpo dificultava-lhe o movimento. Não sabia se estava vivo ou morto. Ou, há quanto tempo estaria onde quer que estivesse agora.

Recordava tudo. Cada pancada, cada ferimento a sangrar. O roubo dos facínoras! Lembrá-los devolveu-lhe energia para se mover, arrastando-se até um tronco, necessitado de um apoio que suportasse o seu peso desfalecido. Deu-se conta de que os ferimentos eram maiores do que pensava. Pernas, braços, abdómen e rosto com vários hematomas. As manchas de sangue na roupa ainda eram uma incógnita. De quem seriam, dele ou dos bandidos?

Levantou-se, segurando-se na pele rugosa da árvore, alongando o corpo com um grito aflitivo. Permaneceu quieto, com a testa fincada na árvore, repousando, até a dor se aproximar de um limite suportável. Precisava de ajuda para caminhar. Mas para onde? Nem sabia onde estava! Com esta incerteza, olhou para o que a vista podia alcançar, para os cumes do arvoredo, para cada um dos lados, vendo lianas e a densidade vegetal e as sombras dessa densidade inculta; sentiu a extravagância da humidade a consumir-lhe o ar e o espertar do medo ao compasso dos sons da... selva! Estava na selva do Grande Felino!

Com a celeridade que os ferimentos toleravam, começou

a recolher para a sacola os pertences espalhados. Pouco havia para guardar. Os bandidos tinham levado parte dos utensílios de viagem e as poucas moedas que possuía. Quanto à comida retalhada, escusado será dizer que as formigas não tinham sido as primeiras criaturas a servir-se. Havia indícios de ter sido saboreada por outros habitantes da selva. Escapara o acendedor, uma peça de roupa e a caçarola. Mas teria ocasião para pensar nas perdas e provações a que se vira sujeito. A prioridade era sair dali!

Diante da árvore cúmplice, ergueu-se de novo, a custo, carregou a sacola e mentalizou-se que teria de caminhar além da dor.

Quando volveu o olhar na direção contrária, guardando silêncio, encontrou outro olhar. Um olhar felídeo dirigido ao Caçador de Estrelas. O medo ganhou uma força descontrolada no seu interior. *«Corre e não olhes para trás»*, *«trepa a árvore»*, *«arremessa-lhe alguma coisa»*, *«grita»*, dizia-lhe a insensatez do medo, provocando-lhe tremores pelo corpo.

A presença do Grande Felino afirmava-se mais terrível do que alguma vez imaginara. O porte do animal era superior ao descrito por quem lhe sobrevivera. Tinha o seu tamanho, era robusto, com garras poderosas. O pelo azeviche brilhante, tão brilhante como os olhos cor âmbar, incisivos nos do Caçador.

Nesse meio tempo interminável, o Grande Felino deu um passo em frente, palpando o pavor crescente que o Caçador experimentava, quem nunca pensou que um dia tivesse de enfrentar o medo. Entretanto, o impulso foi quedar-se parado, valorizando o momento para além do que pudesse acontecer, como observador acidental de tudo o que o envolvia. Imagens, sons e sentidos mesclados de maneira transcendente até se perderem na respiração e no magnetismo do olhar felídeo.

Frente a frente com o medo, a atenção revolucionou a realidade. O pelo escuro do animal espalhou-se no espaço circundante, cobrindo o cenário da selva. Os olhos do animal fundiram-se nesse manto negro e nele o Caçador divagou pelos enxames de estrelas da Via Láctea, através da matéria interestelar, pairando na poeira dos astros. Contornou a Estrela Polar e reapreciou o colorido das estrelas, passando pela gigante Rastaban, Dubhe também, e varou o pequeno Leão e o maior, vislumbrando o brilho branco-azulado de Régulo. Passou pelas constelações de Sextante, Hidra e Vela, deixando atrás esse roteiro, para se embrenhar no desconhecido. Escutou a sonoridade desigual do espaço, contemplou de perto o nascer de uma estrela, a maturação de outras e um ou outro corpo celeste no final da vida. Trespassou a fronteira da Galáxia, aventurando-se por espirais de estrelas, adivinhando outras galáxias de formas e cores distintas, e a existência de outros universos, partilhando todos um princípio único e inalterável: a vida é um contínuo movimento expansivo, começa, evolui e finda na transformação da matéria, gerando novamente vida num universo desabitado, instante a instante, preenchendo-o. Não oferecendo resistência. Nenhum gesto ofensivo. Sendo apenas parte de tudo em redor. *«Parte de tudo»*, reteve.

O Grande Felino observou aquele homem que aparentava destemor, dotado de soberania, embora neutral.

O animal volveu sobre os seus passos, impercetível, condizente com a chegada.

O Caçador de Estrelas caiu em si, dando-se conta de que estava sozinho. O Grande Felino, o medo, abandonara-o quando igualara o valor deste ao seu valor no Universo. No final, somos, cada um, parte de um todo superior ao medo. Esse todo é a resposta que o Caçador precisa de entender. Algo que, chegados a este ponto, está mais próximo de acontecer, Leitor.

A ASCENSÃO RETA DO REGRESSO A CASA

Não era o mesmo, a caminhada também não. Os passos escorados por um bordão improvisado, sem rumo, misturavam-se com o solo cor de mel, por uma alameda de altos e baixos. Como consequência de tudo o que sucedera até aqui e, em particular, como consequência da sova dos bandidos e a decorrente passagem pela selva, decidira regressar a casa. Doía-lhe tudo e via na comodidade do velho moinho o curativo, assim acreditava o Caçador de Estrelas. Convicto de cada pegada, cada escolha, cada resultado, aceitando-os como cabia.

As inquietações recorrentes, sobre o que deixara para trás ou o que ainda poderia encontrar no caminho, ocupavam o lugar que lhes pertencia. Todas as mazelas e as alegrias supunham parte da memória. Memória que os anos se encarregariam de apagar. O ser consciente da impermanência de tudo representava uma âncora no agora. O bálsamo para a inquietude: ser parte de tudo neste instante. Tal como no encontro com o Grande Felino. «Ser, ser, ser», repetia para si, quando invadido pelo frio do vazio.

Da paisagem campestre que seguia, chamavam a atenção as árvores de fruto equidistantes e alinhadas a ambos lados da estrada, numa vasta extensão de terreno desnivelado, em queda pela montanha; o chão despido, cuidado a preceito; e, o colorido quase reluzente de uma variedade de citrinos por demais apetecíveis. O aroma intenso aguçava o desejo de sentir-lhes o gosto. Tanto, que não resistiu apanhar um fruto de um ramo a pender para o caminho. Ia desfazer-se da casca quando ouviu um disparo a ressoar com ecos. Sobressaltado, largou o pomo no ato. Com certeza, o dono observara-o e não hesitara espantá-lo da propriedade. O Caçador, receoso do que pudesse acontecer, apressou-se, apoiado no bordão até se distanciar do pomar, subindo parte da ladeira, na direção do cume.

Recobrou o fôlego e o corpo dorido, interrompeu a retirada num montículo no pendor da quarta montanha, assegurando-se de estar a salvo. Não viu ninguém, mas ouviu o latir de vários cães. E, de seguida, o clamor de muitos homens. A comitiva aproximava-se, precipitada. A primeira silhueta a surgir no cimo de um dos altos na álea era familiar. Procurou fixá-la e confirmar que estava a ver quem pensava estar a ver. A nuvem de poeira que a corrida gerara não ajudava, porém a figura não tardou em chegar perto dele. Não podia crer no que via. Era mesmo ela! A Resposta corria desalmada na direção do Caçador, quem logo açodou o andar dorido ao encontro da cadelinha, ditoso de a recuperar.

- Resposta! És mesmo tu! – exclamou, ao que ela respondeu com um meneio ledo em plena correria. A pouca distância, o Caçador reparou que a Resposta carregava caçaria na mandíbula, dois animais inertes que não lhe pertenciam, concluiu por último. Isso respondia aos tiros e ao ladrar espicaçado de Cães de Caça.

Quase esbarraram um no outro. A Resposta gingou de alegria por estar outra vez com o Caçador. Todavia, a celebração do reencontro teria de ser adiada. Escapar ao cortejo persecutório era prioritário. Os perseguidores não iriam desistir da caçaria, e menos, desistir de punir a Resposta depois de os alcançar. Algo que o Caçador não iria permitir. Mesmo não concordando com a ratonice dela.

Prosseguiram com a fuga, tão rápido como puderam.

Perderam-se deles sem olhar para trás, chegando ao topo

da montanha. Sem dúvida, os perseguidores tinham desistido da caça.

Parados, ante a beleza do mundo àquela altura, aproveitaram para recuperar forças, juntos outra vez.

Ao dar-se conta de que ainda tinham um problema para resolver, o Caçador indagou, fixando a Resposta:

- O que fazemos com a caçaria? – Foi quando comprovou que as aves estavam vivas! Aturdidas, mas vivas. O Caçador não precisou resgatar os pássaros da boca da cadelinha. A Resposta libertou-as e elas voaram no sentido da quinta montanha, apregoando o caminho que o Caçador de Estrelas devia seguir.

A ANOS-LUZ

Depois de tudo, o Caçador continuava a ansiar pelo cimo da quinta montanha. Ousadia ou determinação? Não saberia responder!

A verdade é que se o Caçador queria continuar, precisava de conseguir mantimentos para a subida da última e mais alta montanha. Já não tinha moedas, mas podia trabalhar em troca de alimento para ele e para a Resposta. Pensava o coitado, macilento e dolente que estava.

Ainda que a descender, o caminho mostrava-se difícil de igual feição. O físico não respondia da mesma maneira. Queixava-se passada a passada. A vontade, porém, vigorava.

Chegaram à cidade de Octante já noite. As estrelas cortejavam os habitantes da metrópole das Cinco Montanhas, esperando encantar um pouco que fosse, com o ofuscar das luzes citadinas. Para isso, luziam com mestria a intensidade e o matiz natural.

A cidade era ampla, lotada de casas empilhadas umas nas outras, coloridas e bem aprimoradas. As pessoas ainda circulavam àquela hora, a pé ou em curiosos veículos motorizados, feitos de peças de outros mecanismos, a alardear a mesma alegria das casas.

A chegada do Caçador de Estrelas não passou despercebida

aos moradores. A roupa desfeita e suja, os ferimentos e o andar atacado apoiado no bordão, escoltado pela figura desalinhada da Resposta, deram azo a muitas conclusões. O semblante necessitado de ambos, percetível a todos com quantos se cruzaram, inspirou compaixão. Não por acaso, na praça da cidade, alguns moradores dirigiram-se-lhe para oferecer auxílio. Comida, água, roupa. Nem permitiram que desse mais um passo sem que um médico o visse.

O médico e governador da cidade, de nome Toliman Centauro, um homem de cabelos desgrenhados amarelos, aspeto vigoroso, tinha o mesmo olhar suave e bem-intencionado que o Caçador tantas vezes vira nesta jornada. Amparado, confiou nas mãos do médico, não obstante a sensação possante de ardor, cada vez que lhe era aplicado um unguento balsâmico nos traumatismos.

- Como fez isto? – quis saber Toliman, prevendo a resposta.

- Bem, não fui eu que fiz – brincou o Caçador, relativizando a gravidade. Toliman riu discretamente.

- Foi o que eu pensei. Então e onde está quem lhe causou os ferimentos? – volveu o médico, enquanto finalizava os tratamentos, atando uma ligadura no dorso do Caçador. A Resposta esteve ao seu lado, sempre atenta.

- Na prática, não sei. Depois de me espancarem até perder os sentidos, não recordo nada. Devo ter sido arrastado até à selva, onde acordei sozinho. Não vi mais os dois rufiões que me fizeram isto! Com certeza, já devem ter atravessado o mar, longe das Cinco Montanhas. – Concluindo que assim fosse, pensou no ouro e nos lavradores de Deneb.

- Qual foi a causa da surra? – O imediatismo da pergunta associada à expressão nada alarmada do médico evidenciava que sabia mais do que as questões sugeriam.

Não havia, no entanto, razão para esconder o episódio dourado, fiando-se do confidente diante de si...

- Encontrei uma cabana repleta de ouro e, com esse ouro, uma mensagem que oferecia o tesouro a quem o encontrasse e quisesse. Então, ocorreu-me entregar o ouro aos lavradores de Deneb, assolados por um grande temporal, no qual perderam tudo. Saí a correr da cabana para regressar à povoação dos lavradores e dizer-lhes que poderiam reconstruir a aldeia com aquele ouro. Para meu azar, encontrei primeiro os rufiões. – Antes de continuar, o Caçador fitou as estrelas, agradecendo estar vivo depois de tudo. - Quis proteger o ouro, mas sai-me mal – censurou-se no fim.

Toliman ouviu a história, latente. Ficou parado, em silêncio, a avaliar a verdade na voz e gesticulação concomitante do paciente. A experiência avaliadora do médico confirmou a veracidade do sucedido, antes de se pronunciar.

- Venha comigo – foi o que disse ao Caçador de Estrelas. Este pegou no bordão e acatou, seguindo o médico pela praça, de encontro a um grupo de pessoas em círculo ataviadas de lanternas, em torno de um objeto volumoso.

O médico pediu passagem e as pessoas afastaram-se, descobrindo uma carreta motorizada, onde se encontravam dois mortos. Os bandidos! O médico sempre sabia mais.

O Caçador não conseguiu ocultar a perplexidade. Fazia-os longe e afinal estavam ali, sem vida.

- Foram encontrados nos limites da selva – dizia um.

- Roubaram a carreta ao mecânico ontem – dizia outro.

- Devem ter sido atacados pelo Grande Felino – concluía outro. Com efeito, os corpos apresentavam ferimentos graves e manchas de sangue na pele e nas roupas acinzentadas.

- Não, não foi o Grande Felino – atalhou o médico. - No lugar onde foram encontrados também foram achadas estas armas brancas ensanguentadas – continuou, levantando um canto do pano que cobria a carreta para mostrar os instrumentos do crime. - Após analisar os corpos, posso atestar que se mataram um ao outro. – Um assomo de horror varreu as caras dos presentes, com o burburinho geral.

O Caçador não ficou surpreendido com o final daqueles dois. O breve contacto com ambos deu para atestar uma relação incerta entre eles. Mais, havendo tanto ouro pelo meio. O que deveras o surpreendeu foi a fleuma do Grande Felino para com os visitantes da selva, os bandidos e ele próprio.

- Esta é mais uma prova de que as lendas sobre o Grande Felino não são de todo verazes. Por certo, o mito transformou o animal de feitos insustentáveis num monstro, e o homem numa vítima pouco credível. – As palavras fomentaram a concórdia de opiniões. Para o Caçador, as palavras dissiparam o que restava do seu maior medo.

- Então e o ouro, governador? – procurou saber um dos assistentes. Agora, sim, surpreendido, o Caçador olhou para o homem da pergunta e para Toliman com a mesma rapidez que reclamava localizar o ouro para os lavradores. O médico destapou o resto do pano sobre a carreta e lá estava todo o ouro amontoado.

- O ouro será entregue aos lavradores de Deneb, cuja ajuda será mais do que bem-vinda, depois do desastre natural a que se viram sujeitos. A entrega será feita depois da Chuva de Estrelas! Eu próprio e o nosso amigo – aludindo ao Caçador de Estrelas -, que sobreviveu a estes dois, para proteger o ouro para os lavradores, faremos entrega do mesmo. Poderão acompanhar-nos nesta missão, se assim o desejarem. – Muitos dispuseram-se logo para os acompanhar e ajudar no necessário uma vez lá. De seguida, dispersaram pelas ruas.

- Obrigado, governador – agradeceu o Caçador, estendendo-lhe a mão, enlevado com a retidão do médico. O aperto de mão de Toliman provocou-lhe uma expressão de dor pelos ferimentos, que não pôde conter. O médico examinou também o esgar.

- Não tem que agradecer. A sua valentia em prol dos outros foi mais nobre – respondeu Toliman com franqueza.

- Não sei se foi valentia, senhor. Talvez tenha sido um ato de loucura momentânea – comentou o Caçador, ao que o médico riu com disposição.

- Saiba que tem para si e para a sua fiel amiga um quarto no albergue da cidade à espera. É por minha conta. Se não tem mais nada para me contar, levo-o até lá. Precisa de descansar. Amanhã, à primeira hora, avaliarei a evolução do seu estado. Venha! Vou ajudá-lo a chegar ao pouso – disse Toliman, oferecendo o ombro forte como apoio.

- Apenas gostaria de saber... quando será a Chuva de Estrelas que mencionou? Ver uma estrela cadente é o meu objetivo desde o início da viagem que estou a fazer a caminhar. Essa Chuva de Estrelas talvez seja a minha oportunidade de a vislumbrar antes da chegada do inverno. – Com a confidência, Toliman admirou-o mais ainda, se possível. Reconheceu nele algo de si há muito soterrado no tempo. - Por isso... n... não quero perder o acontecimento. Regressarei para concretizar a entrega do ouro – tartamudeou o Caçador, antevendo no rosto do médico a *oportunidade* a escapar-se-lhe.

- Lamento muito dizer isto, mas não aconselho a subida da quinta montanha nesse estado. Já forçou demasiado as suas energias. Seria negligência da minha parte se lhe dissesse o contrário. Olhe para si, mal pode com um aperto de mão! Além disso, esta Chuva de Estrelas é visível bem lá no cimo da montanha. Mesmo que estivesse em excelentes condições físicas, não teria tempo de lá chegar. É daqui a três dias!

A TRANSLAÇÃO IMPOSSÍVEL

Toliman também desaconselhou o emprego de um veículo motorizado da cidade para subir a quinta montanha, acreditando que não teria força para o manejo da máquina.

Vendo como o último recurso abatia a ideia de avistar uma estrela cadente, o Caçador procurava assumir o insucesso da viagem. Se por um lado não estava na melhor condição física, por outro lado não queria desprezar quem o assistira. O debate interior pendia para a renúncia ao sonho, portanto.

O dia seguinte passou-o no interior do quarto do albergue. A Resposta encarregava-se de o distrair com brincadeiras, sempre que via o Caçador cair na introspeção. Toliman visitara-o como afiançara e comprovara os resultados milagrosos da aplicação do unguento. Quanto à debilidade do paciente, essa, tardaria em reabilitar. A alimentação precária somada ao esforço diário a que o Caçador se sujeitara na jornada precisavam de mais dias em repouso e do afago da boa gente do albergue, que amimavam com os melhores manjares.

Alheia aos reveses do Caçador, a Resposta acompanhava-o animada, conforme com a companhia do amigo. Ele, porém, tentava fazer o mesmo e alegrava-se muito de a ter recuperado. Mas era-lhe difícil ignorar o facto de ter estado tão perto de ver uma estrela cadente e saber que iria perder o ensejo. É uma evidência incontornável que a resistência ao agora desencadeia sempre uma carga de desânimo. Contudo, as lições do caminho habilitaram o Caçador a reconhecer a deceção e a observar-se a si mesmo, como reagia no interior a contratempos. A voz do juízo repetia: *«Ah, se os rufiões não se tivessem cruzado comigo!», «E se não me tivesse demorado com tantas dúvidas tontas!», «Podia estar no cume da última montanha!»*. O íntimo observador valorizava: *«Cheguei aqui mais sábio graças à vontade de ver uma estrela cadente», «Talvez possa avistar uma dessas estrelas quando me recuperar», «As pessoas que conheci e as experiências que vivi não têm preço»*. Tantas pessoas. Tantas experiências. Resposta. Estrela. As recordações, tão presentes, iluminaram o desânimo.

- Tenho-te a ti, Resposta – falou então o coração. A cadelinha pôs-se de pé, pousando as patas sobre as pernas dele, contente de ouvir o nome dela nas demais palavras. - Sei que tu és o sentido da viagem – disse ainda para ela e para si.

Através da janela do quarto, seguiu durante horas o comportamento dos que passavam na rua. Como corriam de um lado para o outro, como se cruzavam e cumprimentavam entre si, umas vezes com afeição e outras com fingimento escusado. Observou como o tempo era desperdiçado nas atenções às pessoas que não apreciavam, dando primazia à impressão que causavam aos demais, descartando a máscara voltadas as costas; observou como a atenção era pouca para os que importavam de verdade, pois o resto do tempo destinava-se aos deveres do ganha-pão.

O Caçador perguntou-se que lugar ocuparia o sonho de cada uma daquelas pessoas. Guardado para mais tarde. Frustrado ou realizado? Posto de parte? Esquecido? Depois perguntou-se que lugar ocupava neste exato momento o seu. Estacado indefinidamente. A conclusão gerou alguma ansiedade. O não saber quando poderia voltar a subir a quinta montanha, ver uma estrela cadente, agarrá-la para não mais a perder. Quando? O vazio sufocante levou-o a sair do quarto com a Resposta. Podia não chegar ao cume, mas pelo menos iria tentar alcançar um qualquer ponto alto para avistar o rasto de uma estrela. No regresso, daria as explicações pertinentes e cumpriria a promessa ao governador.

Não mais dor de alma. Não mais lágrimas resignadas.

O mecânico da cidade, reconhecendo o *herói do ouro*, foi cúmplice na nova aventura, proporcionando-lhe o veículo idóneo para ele e para a Resposta. Uma motorizada de três rodas, com um atrelado lateral para a cadelinha, seguro ao lado do piloto.

Prestes a arrancar...

- Aonde pensa que vai?

- Governador! – surpreendeu-se o Caçador.

- Gosta pouco de aceitar o conselho dos outros ou é um casmurro empedernido?

- D... desculpe. Por favor, não veja este meu ato como ingratidão. Eu... eu tenho de acabar...

- O caminho pelas Cinco Montanhas – terminou Toliman a frase. O Caçador baixou a cabeça, começando a ficar arrependido. O mecânico esquivou-se para um recanto da garagem, não fosse sobrar uma reprimenda para ele também. A Resposta aguardava o desencadear das coisas ao lado do Caçador.

- Escusa de mostrar arrependimento. Já é tarde.

- Acredite que depois da Chuva de Estrelas tencionava regressar...

- Eu sei. Não é o primeiro humano que conheço que se comporta como um humano, sabe? Contudo, considero que todos os humanos deveriam ter esta sua característica: honestidade em tudo o que faz, diz e sente. O que aprecio e agradeço de verdade. É por isso, meu caro paciente, que devo fazer o que é devido, como médico e governador. – O Caçador preparou-se para acompanhar Toliman, regressar ao lugar de cativo no albergue para repouso, conforme com as indicações que lhe dera.

Toliman passou por ele, entrou na garagem para recolher outro capacete, colocando-o. Passou a perna por cima da motorizada, acomodando-se no lugar do piloto e as mãos nos controlos. Acelerador e freios preparados. Rodou a chave de ignição. O motor ressoou em aquecimento. O descanso lateral foi levantado.

- Vão demorar muito, copiloto e companhia? – perguntou ao Caçador, fitando o lugar vago no atrelado. Os aludidos não perderam tempo, ainda que pasmados com a reação do governador Toliman.

O MOTOR DE APOGEU DO SONHO

Fora da cidade, o caminho indiciava alguma humidade mas, pelo menos, tinha pouca inclinação, o que ajudou na subida a motor. As árvores espaçadas eram altas e finas, de folhagem miudinha, ainda assim, projetavam densas sombras no chão. À medida que progrediam pelo arvoredo, o Caçador observava as sombras, recriando os contornos de constelações. Uma das sombras figurava como o feérico Pégaso, a sacudir asas e cauda à laia de cumprimento. Mas viu mais. A flanquear a passagem dos viajantes, movidas pela imaginação do Caçador, seguiram-se as saudações afáveis de diferentes constelações, Girafa e Raposinho, por exemplo, coincidentes, cada um de seu lado. Após um tramo sem arvoredo, de novo, apresentaram-se no caminho mais contornos de estrelas. Desta vez, as de animais bem maiores do que os seus homónimos reais. Um Potro com uma Mosca pousada a seguir de olhos arregalados o Caçador e companhia, especulando sobre o destino deles. Mais adiante, um Leão menor, bem felpudo, que, precavido, interrompeu a recreação para ver passar o curioso veículo e passageiros. Por último, um grupo de amigos inaudito, um Lince e um Pavão, que discutiam a que hora seria possível lobrigar a Chuva de Estrelas no céu noturno, não chegando a consenso, pois nenhum sabia a quanto equivalia uma hora sequer! O Caçador riu, fantasiando com uma discussão assim.

Quando as abertas entre ramagens facultavam, o Sol tocava as constelações fantasiosas para as fazer brilhar na Terra.

O divertimento de improvisar uma distração, acabou por tornar o final da viagem risonho. Pelo menos, até uma sombra maior se sobrepor, estendendo-se apressada pelo caminho, cobrindo por completo as outras sombras. O instinto impeliu o Caçador a olhar para cima. O objeto movia-se sobre as copas das árvores e atrás dele seguiam-no vultos de contornos semelhantes. Muitos. Com exatidão, não saberia determinar o número. Apenas posso descrever o som que manou do gigante guia: desafinado e desagradável, idêntico ao berro da ave mais esganiçada, a ecoar na extensão de montanhas.

Toliman acelerou, correndo mais rápido que os vultos até à clareira antes do grande declive, onde parou para ver. Os vultos eram balões de ar quente de diversos padrões, à semelhança dos planetas da galáxia: Mercúrio, Vénus, Terra, Marte, Saturno, Júpiter, Úrano, Neptuno, Plutão e os planetas desconhecidos de outros sistemas astrais. Na base dos globos viajavam pessoas no interior de um cesto composto de diferentes fibras multicolor entretecidas. O quadro de dezenas de balões suspensos num horizonte ainda azul assemelhava-se às imagens surreais que vira antes, pela dimensão de beleza. Esta imagem, porém, era bem real. Pura harmonia.

A tela do primeiro balão, que se lhes acercava, era familiar ao Caçador, não obstante não recordar a proveniência. Conquanto, em seguida reconheceu a música que ouviu, decorrente de outro som estridular, principiando a sintonia dos instrumentos. Tratava-se da música de Indi! A música ressoava com ecos continuados, tomando o vento como seu, a alargar-se pelas Cinco Montanhas. Tal como Indi sonhara, exercendo do talento, acreditando, animoso, no dia que tal aconteceria. O Caçador deu um urro de contentamento. Ele tinha conseguido!

- Indi! Indi! Indi! – clamou o Caçador de Estrelas, ajudado

pelo latir acalorado da Resposta. Repetiram os gritos até serem ouvidos! E foram ouvidos...

- Amigo! Encontramo-nos! – respondeu Indi, curvado para o solo na beira do cesto. Os dois manifestaram júbilo com o inusitado do reencontro. - Precisas de boleia?

- Para onde vais? – A indagação soou-lhe ridícula depois de a proferir em voz alta, pensando melhor.

- Até ao observatório, no alto cume. Para ver a Chuva de Estrelas! – vozeou Indi. O Caçador olhou para a Resposta, procurando o olhar beneplácito da sua companheira. Ela empoleirou-se nas suas pernas, de orelhas empinadas e olhos apreensivos. Os mesmos que o Caçador de Estrelas lhe dedicou, consciencioso. Não seria boa ideia viajar com a Resposta num balão de ar. A altura apresentava-se perturbadora para a cadelinha. Toliman concordou.

- Obrigado, Indi! Nós também vamos, mas avançaremos por terra – respondeu.

- Entendo. Promete-me que nos veremos na clareira, antes do topo! Quero fazer o resto do caminho contigo.

- Prometido. – O Caçador nem prestou atenção às palavras do amigo. Pensava no sonho que, num pronto, se tornara mais completo.

Os sonhos, adormecidos, esquecidos ou frustrados, só nós os podemos albergar. Só nós lhes podemos outorgar a categoria de realizáveis. Intenção, empenho e passos constantes, que se unem à distância a que vemos o sonho concretizar-se, são os fundamentos que os tornam possíveis. Desta guisa, atrevo-me a dizer que o Caçador está preparado para receber o reconhecimento pelos passos dados.

Espero que consiga lá chegar.

A FORÇA GRAVITATÓRIA

As cores garridas do balão volutearam acima deles com a aterragem seca de Indi. A tela expeliu o ar quente do interior e Indi saltou do cesto para a erva húmida da última clareira antes do pico da quinta montanha.

A toda a volta, os tripulantes dos balões pousavam ou abandonavam as aeronaves para seguir por terra o que restava de ascensão, pura escarpa rochosa.

- A partir daqui, não o posso levar a motor. Mas há de chegar ao cimo, garanto-lhe. Ainda temos dois dias, tempo que baste para o levar às costas, se for preciso! – asseverou Toliman ao Caçador de Estrelas. Indi soergueu a sobrancelha, impressionado com empenho do governador no desígnio do Caçador.

- Ofereço-me para o revezar! Sim, porque aqui o nosso amigo pode ser um saco de ossos mas pesa – foi o que regulou Indi. Todavia, o Caçador não queria ser um fardo para nenhum dos seus amigos, decidindo fazer tudo o que pudesse para melhorar a condição física, até iniciarem a caminhada ascendente. Toliman ofereceu-se para o ajudar através da medicina e Indi encorajaria através da música. A Resposta não sabia do que falavam os homens, mas sabia que iria estar com o Caçador até ao fim.

O vento de norte depressa arrefeceu o ar da montanha,

precedendo o anoitecer. O Pôr-do-Sol avermelhado assistiu ao assentar do acampamento de dezenas de pessoas esparsas pela clareira. Limparam o terreno e estenderam o pano das tendas, quase em sintonia. Após assegurar o lugar da dormida, atearam uma fogueira convidativa que atraiu todos.

O ambiente era festivo, celebrando o grande acontecimento, a Chuva de Estrelas e a homenagem a alguém especial, que todos esperavam que aparecesse no pico da montanha, apurou o Caçador do rumor. Quando alguém começou a trautear uma canção, aos poucos, todos se uniram ao ritmo e à letra pegadiça que intentavam entoar, sem grande sucesso, posso dizer! Outro ingrediente a somar à diversão de todos.

Indi não tardou em dar música aos versos com o multinstrumento de cordas, sopros e, uma vez por outra, percussão. Sempre escoltado pela Resposta, o Caçador acompanhava o grupo, dorido mas feliz.

Não perdeu a oportunidade de mirar o céu. Lobrigou tantas estrelas que se sentiu diminuto debaixo da vastidão do Universo. Fantasiou com a constelação de Microscópio a observá-lo lá de cima e despediu-se das estrelas para o exigido remanso.

Durante a manhã do segundo dia, o Caçador preparou-se para a jornada. Como o recomendado por Toliman, lavou os pés com sabão inócuo e enxugou-os com cuidado. Por fortuna, tinha peúgas limpas para calçar e as resistentes botas do pai de Indi. Ao início da tarde, de bordão na mão e o apoio de todos, empeçaram a subida.

À noite, pelo declive, em direção ao cimo, a corrente humana iluminou a faixa de caminho com lanternas. O movimento ascendente de brilhos formou uma espécie de cauda de estrela cadente aos olhos do Caçador, levando depois a vista aos astros desvelados. Entregue ao momento, agradeceu o que lhe era oferecido, o que a vida sempre lhe brindara mas não fora capaz de reconhecer antes. Honrou a magnificência de um Universo infinito, cônscio das infinitas possibilidades de que dispunha a vida em si.

A responsabilidade de apreciar e agradecer a vida, a escolha de pensamentos e passos era sua. *«Cada um é responsável do próprio destino com cada pensamento e cada passo dado»*, interiorizou com a recordação relâmpago de diferentes passagens da viagem. Todas as experiências vividas quadravam com tudo o que anelava, apreciando-as, preparado para as receber. *«As experiências têm um tempo e um lugar, para nos prepararem para o que ainda está por vir»*, reconheceu assim.

Indi apercebeu-se da dificuldade do Caçador de Estrelas para caminhar e carregou o multinstrumeto às costas para o ajudar, sustendo o corpo dele com o ombro. O coitado do Toliman não pôde cumprir a sua missão junto do Caçador, não tendo mãos para os pedidos de ajuda que recebia dos demais caminhantes. Muitos não estavam acostumados ao caminhar. Muito menos na montanha. No entanto, todos queriam subir até ao observatório.

- Vejo que o caminho te tratou bem, amigo! – gozou Indi com o caminhar débil do Caçador. Este não pode deixar de sorrir com o comentário. Conjuntamente, sentiu-se muito grato pelo humor dele.

- É verdade que já tive melhores dias. Mas, finalizar esta viagem contigo suplanta o que o meu corpo sente – atestou o Caçador. Se bem que, no trecho seguinte, esteve tentado a desistir do ascenso, por si e por Indi, não querendo ser uma carga penosa para ele. Enquanto que a cadelinha se adiantava e olhava para trás com um latido de força para o Caçador.

- Não te preocupes, Resposta, estou a chegar. A desfrutar o resto do caminho devagar – brincava com ela. - Estou a chegar. Estou a chegar – repetia de seguida para si mesmo, a reparar no quanto se distanciava o grupo, a desaparecer no cimo.

- Sei o que estás a pensar. Nem sonhes que te vou deixar a meio do caminho! Não és o único que se alegra com a companhia de um amigo numa ocasião especial! Podes sentir-te mal, mas como te sentirás se desistires agora? – questionou Indi, para findar qualquer ideia de abandono no rosto do Caçador. Na verdade, sentir-se-ia bem pior. Então, de algum modo incompreensível para este último, aquilo muniu-o de uma força extraordinária até ao cume, como uma força gravitacional inerente que o arrastava até lá.

O MAPA CELESTE

Ao terceiro dia, chegar ao alto da quinta montanha supôs o culminar de parte do sonho do Caçador. Ocasiões houveram em que não se vira a finalizar esta aventura. Sempre que o desassossego o devorara, retendo-o na confusão de não saber como continuar. Nos obstáculos custosos de ultrapassar, os que o deixaram sem forças ou magoado. Ou quando ficara sem moedas e mantimentos. Nos momentos em que se vira sujeito às inclemências da natureza. A vez em que esteve perto da morte depois de espancado por outras inclemências. Quando perdera tudo. Todavia, agora, no termo da trajetória, sobre essas ocasiões em que duvidara de si, alegrava-se de ter persistido no intento de percorrer as Cinco Montanhas para vislumbrar uma estrela cadente. Apesar de ainda não ter conseguido abranger o último desígnio. Mas, para este o Caçador de Estrelas continuava a acreditar. Acreditar sempre. Acreditar num sonho imaterial é manifestá-lo na vida real. À vista disso, o esforço caminha para esse mesmo fim, tornando o sonho vindouro.

O terreno no cimo, um planalto com pequenos altos e baixos a contornar o observatório, estava apinhado de pessoas às que se juntavam as recém-chegadas. As primeiras estrelas no firmamento acenavam aos observadores, mas estes ainda estavam ocupados com os preparativos para o evento, assinalando a sua posição apetrechados de mantas e instrumentos rudimentares para observação de astros.

Ao ver tantas pessoas, o Caçador pensou em Estrela. Estaria ela ali, no meio da multidão? O desejo de a voltar ver superava a realidade.

- Vamos, temos de encontrar um lugar para descansares antes da Chuva de Estrelas – disse Indi.

Os dois caminharam por entre a turba e, desta vez, Resposta manteve-se ao lado do Caçador, custodiando a passagem. O surpreendente é que os observadores se afastavam à *passagem*, fixos na presença do Caçador de Estrelas. O andar, desprovido da habitual mobilidade e as várias mostras de ferimentos, não mencionando a indumentária maltrapilha, eram motivos razoáveis para chamar a atenção de todos. Apesar disso, nenhum desses motivos era a verdadeira razão do pasmo geral.

O Caçador de Estrelas não podia crer que o olhassem com respeito e, por que não dizer, admiração. Um pouco mais à frente, a admiração foi dele. Todas e cada uma das pessoas que conhecera pelas Cinco Montanhas estavam ali. Ouviu a ladainha de Polar, encontrando-o ao lado do remador Dabih e de Erídano, o eremita. Sorriam-lhe a incredulidade, prevendo-se que haviam descoberto o objeto da sua viagem. Assim como os pais de Hydra e Hydrus, com os meninos ao colo, no meio do imenso grupo de nómadas dos socalcos. Inclusive o pai de Indi, Áries, com um sorriso bem percetível!

Passou por Alfa, Beta e Gama, também ali. O aroma sem igual do caldo do mar depressa aligeirou os passos até eles. A seguir aos três amigos, viu Andrómeda e os filhos, quem não se coibiu de o animar com a sentença: - É desta que vais ver a tua estrela!

- Bem merece! – juntou Unukalhai, o rapaz da ponte.

Mais no cimo deparou-se com alguns dos lavradores de Deneb, que preparavam gulodices para todos com o seu cereal. Plutão e Caronte aguardavam os doces rodeados pelos filhos.

Que surpresa vê-los todos ali. À espera dele! Comoveu-se com o inesperado da celebração. O caminho nunca é como o idealizamos. Assim, perdurando, no final do trajeto talvez possamos encontrar algo melhor que o esperado.

Algumas incógnitas persistiam: como é que aquelas pessoas sabiam que perseguia uma estrela cadente ou que iria estar ali? Devia ter sido obra de Estrela. Não podia ter sido Toliman. E ela fora a primeira pessoa a quem contara o maior anelo nesta jornada.

A meio do trajeto parou, vendo uma figura corpulenta que se lhe aproximava. Acenou ao Caçador para que ficasse onde estava. Tratava-se do gigante Júpiter. Teria sido ele a organizar tudo isto? Como poderia saber? Não recordava ter contado o sonho dele naquele jantar, na Peregrina.

O PRINCÍPIO COSMOLÓGICO PERFEITO DO MUNDO

O gigante Júpiter cumprimentou-o, dando a vez a quem o seu tamanho escondia. O Caçador pensou que a silhueta que iria surgir por detrás do gigante fosse Estrela. A ilusão de a voltar a ver não cessava. Todavia, não era ela. Era alguém que também conhecera no caminho.

- Não imaginas a alegria que sinto neste momento! Depois de me teres salvado daquele poço medonho, o teu gesto não mais me saiu da cabeça. – manifestou-se Arcturo, desvelando talvez a origem do mistério, abraçando o Caçador de Estrelas. Este lembrou-se no ato da conversa com ele no primeiro apogeu da viagem, reanimando os sonhos de cada um. Embora nem aí tivesse mencionado o desejo de ver uma estrela cadente. - Durante os dias que se seguiram pensava no pouco que tinha agradecido feito tão nobre – continuou Arcturo. - Decidi procurar-te, a pensar que te encontraria. Falava de ti a todos com quem me cruzava e, a quem te conhecera, pedia informação sobre a direção que havias tomado. Ninguém sabia para onde te dirigias, embora todos tivessem um grato relato que contar sobre ti. Perdi-te o rasto vezes sem conta, mas acabei sempre por encontrar uma pista sob as palavras de alguém. À medida que ia percorrendo as Cinco Montanhas, mais a minha admiração aumentava. Perante as dificuldades da travessia, pensava em como terias superado os mesmos obstáculos. Empreguei sempre a coragem e generosidade que percebi em ti, e sempre me sai bem. Estas qualidades levaram-me a lugares incríveis que me ajudaram a conhecer-me melhor, lugares por completo desconhecidos que de outra forma jamais teria conhecido. Vi de perto o significado das limitações mas também a imensa sabedoria que acresciam, para seguir em frente no caminho, onde encontrei o que tinha perdido antes de te conhecer e onde te reencontrei. Obrigado por me salvares. Espero que encontres aqui, no topo do nosso mundo, o que procuras – terminou o homem que encontrara, principiando a jornada, em aflição dentro de um poço.

O Caçador ficou perplexo ao ouvi-lo relatar o caminho que tomara por sua causa. Não sabia o que dizer, a não ser agradecer também e, sobretudo, alegrar-se por ele, pelo bem que soubera transpor-se.

Suponho que o Leitor queira ainda descobrir mais, pois o Caçador de Estrelas também:

- E... todas as pessoas presentes estão aqui porque... sabem o que procuro?

- A maioria, sim. Vieram para saber o resto da tua história. Se sempre consegues o que procuras! – atalhou Indi, que se contivera para não revelar antes a surpresa ao amigo.

- M...mas porquê? O que viram em mim para uma celebração desta magnitude? Sou só um homem entre todos. Além do inusitado do meu sonho e culminar deste, não vejo o que possa ter movido em todos.

- O que moveu, caro Caçador de Estrelas – disse o governador Toliman, unindo-se ao grupo de amigos, a fazer entoar por primeira vez o nome do nosso protagonista -, foi a sua postura em relação a todos. O Caçador de Estrelas nunca apagou a alegria de outrem, ampliou essa alegria com a atitude perante a vida, alargando o horizonte de cada um para que seja feliz.

- É curioso que me diga isso a mim, porque é o que sinto em relação a cada uma das pessoas que conheci nesta viagem.

A quem só posso dedicar agradecimento. Não teria chegado aqui sem o contributo de todos. Hoje mais do que nunca. Nem... nem sou capaz de descrever a força que me transmitem! – As palavras balancearam na comoção. Uma lágrima caiu livre no rosto. - E... então todos sabem? Mas como... como souberam? – regressou à questão que mais o intrigava. Recordava tão só ter dito o que procurava a Estrela e Toliman!

- Ainda não te disse? Pois não, que cabeça a minha! Foi Estrela quem me contou a tua história depois de ouvir a minha sobre ti – respondeu Arcturo.

- Estrela? Onde está ela? – Arcturo hesitou antes de responder. Não queria ensombrar o festejo. Mas não tinha alternativa. O Caçador esperava uma réplica sincera.

- Não creio que ela tenha conseguido chegar... – Na mesma fração de segundo, a despropósito, alguém lançou um petardo, assustando a Resposta, que desatou a correr rumo ao observatório, a coroa da montanha.

- Resposta! – bradou o Caçador, seguindo-a sem remédio. O temor a voltar a perder a cadelinha arrastou-o pelo resto do declive à procura dela. A custo chegou ao observatório. A Resposta recebeu-o desorientada, mas contente de o ver. - O que te deu, pequenina? – perguntou ele, retribuindo o carinho com afagos que ela recebeu satisfeita, sobretudo quando o Caçador pegou nela ao colo.

A Resposta olhou para o céu pejado de astros, numa noite de rara visibilidade. No firmamento havia alguma espécie de celebração também, cuidou o Caçador ao contemplar tão distinta mostra do cosmos. Com efeito, a Resposta latiu. Anunciava a proximidade de um acontecimento maior. O que não tardou em chegar. Num repente, no céu, teceu-se uma teia cintilante com uma infinidade de estrelas a cair em catadupa, numa Chuva de Estrelas incomparável para contentamento de todos, cujos urros se ouviam, ecoando.

- Querias que eu visse isto, não era? – sussurrou o Caçador a Resposta, mais próximo das estrelas. Maravilhado, tocou nas que mais brilhavam, nas mais rápidas, nas mais coloridas, nas mais, mais... e... o que seria aquilo? No meio da Chuva de Estrelas, num instante, um grande clarão perpassou a atmosfera seguido de um majestoso rasto de luz a raiar o firmamento. Por fim! O reflexo desta imagem nos olhos marejados do Caçador foi ainda mais prodigioso. O movimento, mais lento, abriu o coração e a consciência de estar a viver o momento como devia. O sonho de ver uma estrela cadente era isto. Mais do que belo. A verdade é que a estrela cumpria todas as expectativas abrigadas durante tanto tempo e tanto sofrimento. O fulgor da estrela encheu-lhe o peito e ao passar pelo Caçador tremeluziu para si. Era ela, era a sua estrela! Finalmente, finalmente! Desculpe o entusiasmo, querido Leitor! É que houve ocasiões em que cheguei a ponderar que tal não fosse possível para ele. Embora desejasse com fervor que o conseguisse, mais do que ele próprio alguma vez desejou.

Ao longo da jornada pelas montanhas, talvez o Caçador pudesse ter vislumbrado uma estrela cadente antes. Ou talvez não. Jamais se saberá. Certo é que, se a tivesse avistado numa outra passagem desta viagem, ele não saberia valorizar este instante. Os pensamentos eram bem diferentes. Hoje, pejados de força e respeito pela vida.

De olhos postos no rastilho brilhante de poeira cósmica a sulcar o céu, viu o próprio caminho e o que nele não fora capaz de discernir. A verdade de quem é e quem sou.

- Eu sou o caminho. Eu sou as pedras. Eu sou as montanhas. Eu sou o cego e o gigante. Eu sou Indi e o pai. Eu sou o arco-íris. Eu sou a tristeza e a alegria. Eu sou a chuva e o vento. Eu sou o Sol e a Lua. Eu sou as estrelas. Eu sou a estrela cadente. Eu sou parte de tudo. Eu sou a Resposta. - Para completar e cumprir a promessa que fiz no princípio deste caminho: eu sou a voz da verdadeira essência. Eu sou a resposta que o Caçador procurava. E, por fim, ouviu-me.

O Caçador levou uma mão ao céu e agarrou para sempre a estrela cadente no instante que ela se desvaneceu na noite estelar. O desejo foi concedido.

Baixou a mão e encontrou os dedos de Estrela, que se entrelaçaram nos dele com firmeza, sem mais incertezas. Ele retribuiu igual mas não a olhou logo, mantendo a vista nas outras estrelas.

Com o que acabara de ouvir, enquanto se aproximara dele, ela falou:

- Qual é a *resposta*? – Lento, o Caçador de Estrelas fixou-a, sorrindo para ela, depois para grupo ali reunido.

- A resposta é, incondicionalmente, dar cada passo por e para o amor.

Obrigada por adquirir e ler este livro.

ocacadordeestrelas.olivro@gmail.com

www.ingramcontent.com/pod-product-compliance
Lightning Source LLC
Chambersburg PA
CBHW021448150726
47989CB00001B/450